大活字本シリーズ

絶滅寸前季語辞典

夏井いつき

《上》

埼玉福祉会

絶滅寸前季語辞典

上

装幀　巖谷純介

目次

まえがき　18

春

藍微塵◉あいみじん　24
愛林日◉あいりんび　26
青き踏む◉あおきふむ　28
翌なき春◉あすなきはる　30

畦塗◉あぜぬり 31
油まじ◉あぶらまじ 33
家桜◉いえざくら 34
磯遊◉いそあそび 37
従兄煮◉いとこに 39
魚氷に上る◉うおひにのぼる 42
雨水◉うすい 44
歌詠鳥◉うたよみどり 46
絵踏◉えぶみ 48
貝合◉かいあわせ 50

貝寄風◉かいよせ　55
貌鳥◉かおどり　56
亀鳴く◉かめなく　58
髢草◉かもじぐさ　60
獺魚を祭る◉かわうそうおをまつる　61
雁瘡癒ゆ◉がんがさいゆ　65
寒食◉かんしょく　67
雁風呂◉がんぶろ　70
北窓開く◉きたまどひらく　76
旧正月◉きゅうしょうがつ　78

耕牛・耕馬◉こうぎゅう・こうば 81
蚕飼◉こがい 82
駒返る草◉こまがえるくさ 84
佐保姫◉さおひめ 86
桜狩◉さくらがり 88
蛇籠編む◉じゃかごあむ 90
麝香連理草◉じゃこうれんりそう 92
鞦韆◉しゅうせん 94
種痘◉しゅとう 98
春窮◉しゅんきゅう 99

治聾酒◉じろうしゅ　102
捨頭巾◉すてずきん　103
清明◉せいめい　106
善根宿◉ぜんこんやど　108
摘草◉つみくさ　111
出代◉でがわり　112
田鼠化して鴽となる◉でんそかしてうずらとなる　114
鳴鳥狩◉ないとがり　116
鰊群来◉にしんくき　118
野遊◉のあそび　120

花軍◉はないくさ 123
花衣◉はなごろも 125
花鳥◉はなどり 127
春ごと◉はるごと 129
雛の使◉ひなのつかい 132
風信子◉ふうしんし 134
蕗のじい・蕗のしゅうとめ
◉ふきのじい・ふきのしゅうとめ 136
二日灸◉ふつかきゅう 137
麦踏◉むぎふみ 139

目貼剝ぐ◉めばりはぐ 142
養花天◉ようかてん 145
呼子鳥◉よぶこどり 147
龍天に登る◉りゅうてんにのぼる 149

夏

青挿◉あおざし 154
汗拭い◉あせぬぐい 159
安達太郎◉あだちたろう 161

あっぱっぱ◉あっぱっぱ　162
雨乞◉あまごい　164
甘酒屋◉あまざけや　166
雨休◉あめやすみ　172
菖蒲の枕◉あやめのまくら　173
家蝙蝠◉いえこうもり　176
家清水◉いえしみず　180
泉殿◉いずみどの　182
糸取◉いととり　184
妹背鳥◉いもせどり　187

浮いて来い◉ういてこい　191
丑湯◉うしゆ　193
卯月八日◉うづきようか　196
瓜番◉うりばん　198
衣紋竹◉えもんだけ　200
起し絵◉おこしえ　202
瘧◉おこり　205
男滝・女滝◉おだき・めだき　208
温風◉おんぷう　211
霍乱◉かくらん　213

掛香◉かけこう 216
嘉定喰◉かじょうぐい 218
脚気◉かっけ 220
蚊取線香◉かとりせんこう 223
髪洗う◉かみあらう 225
蚊帳◉かや 227
川止め◉かわどめ 230
カンカン帽◉かんかんぼう 234
金魚玉◉きんぎょだま 237
薬狩◉くすりがり 240

薬降る◉くすりふる　246
氷冷蔵庫◉こおりれいぞうこ　247
穀象◉こくぞう　248
コレラ船◉これらせん　252
砂糖水◉さとうみず　255
早苗饗◉さなぶり　258
晒井◉さらしい　260
山椒魚◉さんしょううお　262
三伏◉さんぷく　266
七変化◉しちへんげ　268

紙帳◉しちょう　270
虱◉しらみ　273
水中花◉すいちゅうか　276
水飯◉すいはん　279
蒼朮を焼く◉そうじゅつをやく　282
外寝◉そとね　285
竹植う◉たけうう　286
竹婦人◉ちくふじん　289
天瓜粉◉てんかふん　294
陶枕◉とうちん　297

桃葉湯◉とうようとう 299
毒消売◉どくけしうり 301
土瓶割◉どびんわり 308
虎が雨◉とらがあめ 309
納涼映画◉のうりょうえいが 312
蚤◉のみ 314
蠅叩◉はえたたき 318
蠅帳◉はえちょう 318
蠅取器◉はえとりき 319
蠅除◉はえよけ 320

箱庭◉はこにわ　324
薄荷水◉はっかすい　326
腹当◉はらあて　328
百物語◉ひゃくものがたり　330
腐草蛍となる◉ふそうほたるとなる　332
芒種◉ぼうしゅ　334
水争◉みずあらそい　335
虫干◉むしぼし　338

季語索引　341

絶滅寸前季語辞典

まえがき

要は、歳時記を読むのが好きだったという単純な動機から、すべてが始まった。

私の本拠地・松山から発信している俳句新聞『子規新報』（創風社出版）の、次の新しい連載を考えていたとき、「重箱の隅をつつくように歳時記をちまちま読んでいくみたいな連載なら、何年続けても楽しいよな」と思っただけなのだ。

最近、俳句の世界では、歳時記を見直そう、新しい季語を探そう、季節感のズレてしまった季語を修正しよう、古くなった季語を一掃しようといった議論がかまびすしい。これまで、そんな議論にどうしてソウダソウダと同調しなかったのかというと、古いものも新しいものもごちゃまぜに出てくるオモチャ箱みたいなところが、歳時記の面白さなのになあと実感していたからだ。

確かに、見たことも聞いたこともない季語もたくさんある。季節感が大きくズレて始末に困る季語もある。実作する者の便利を思えば、捨てるべきは捨て、入れるべきは入れ、整理をしようじゃないかという声が出てくるのはなんの不思議もない。が、しかし、よくよく考えてみれば、そんなものの考え方って結構不遜だ。歳時記が作られ、引き継がれ、熟成されてきた長い時代を思えば、現代俳人たちの勝手都合なんてのは些細な問題としか思えない。

聞いたこともない、見たこともない季語でも、空想の産物でもなんでもかんでも、今の時代に生きる私たちが、ともかく詠んでみたらどうなるのか。ひょっとすると、古い革袋に新しい酒を注ぐような新鮮な俳句が飛び出さないとも限らない。もしも、万が一、私にそんな俳句が詠めたとすれば、少なくとも私が生きている間、その季語は私とともに生き残ることができるはず。そうこうしているうちに、また誰か同じようなことを思う人が出てきて、その人がまた新しい句を作ってくれれば……と、そんな発想から始まったのが、「絶滅寸前季語保存委員会」の活動なのだ。

本書は、その紙面活動をベースとした、読み物辞典である。読んでも役に立たないことにかけては、右に出るものはないかもしれない。が、もともと俳句なんぞは役に立つはずもないものであって、むしろ役に立たないものとしての誇りを胸に、堂々と詠まれ続けていくのが俳句だとも思っている。

本書ではたびたび、『大歳時記』『大辞典』という二語が登場してくるが、これは私が日ごろ愛読している『カラー版新日本大歳時記全五巻』(講談社)『日本国語大辞典全二十巻』(小学館)を指している。

ひょっとすると、歳時記や辞典を読む楽しみの入門編としても、本書のような中間的(?)辞典の存在意義はあるのかもしれない。

ちんぷんかんぷんな絶滅寸前季語の世界へご一緒に踏み迷っていただくのが、本書の目的。分からないことを胸張って分からないと書いてある辞典なんてのが、すでに俳人的発想。高い教養も深い素養も広い知識もなにもなくても、読めば笑っていただけるシロモノに仕上がっていれば、著者としてこんなに幸せなことはない。さらに、読者諸氏の足元に埋もれかけているさまざまな絶滅寸前季語情報を発見された折には、是非ともご一報いただければ、こんなに有り難いことはない。

絶滅寸前季語保存委員会委員長　夏井いつき

春

藍微塵

あいみじん❖晩春❖植物

❖「忘れな草」「ミヨソティス」の別名。ヨーロッパ原産ムラサキ科の多年草。高さ二十〜三十センチ。藍色の小さな花をつける。英語名（forget-me-not）を直訳したのが、「忘れな草」の名の由来。

恋人に捧げるために岸辺の花を摘もうとして、水に落ち、溺れる瞬間に「我な忘れそ」と言ったとか言わないとかというのが、「忘れな草」にまつわる物語。恋人に花を捧げるために溺死するという事実が美化されすぎてるこの話、私なんぞはどうも合点がいかない。恋人のために死ぬのは美しいのだという主張を、百歩譲って認めたとしても、花摘んでて溺死しましたでは、いくらなんでもカッコつかないだろうに。
「忘れな草」という名前はよく聞くが、「藍微塵」にはとんと馴染みがない。一体どこから出てきた発想なのだろう。藍色の小さな花をつける形状による命名か、はたまた「愛が微塵になる」という花言葉であるのか。だとすれば、恋人には金輪際贈れない花になってしまうではないか。嗚呼……。

百人の恋な忘れそ藍微塵　　おののき小町

愛林日

あいりんび❖仲春❖人事

◈「緑の週間」の副題。四月下旬〜五月上旬の約一週間を指す。もとは一八六五年頃、アメリカ・コネチカット州ノースロップで「木の日(Arbor Day)」として始められた行事。

同じ副題として「緑化週間」「植樹祭」「植樹式」「緑の羽根」等が、『大歳時記』には採録されているが、それにしてもこの「愛林日」だけがどう考えても浮いている。十人中九人までが、「アイリンビ」という音だけでは、その漢字すら浮かんでこないに違いない。アイは「愛」の文字を想起できたとしても、「リン」はどうだ？　逆鱗《げきりん》・乱倫・蹂躪《じゅうりん》・淋菌……思わずウムムムと黙ってしまうしかない迫力だ。いかに俳人にすら膾炙《かいしゃ》してないかという証拠に、「愛林日」を季語として使っている例句を捜し回ってみたが、一句も見つからない。しかし、本書が季語辞典の性格を持つものである以上、例句は必ず載せるべきであるというのが私の信念。となれば、自分で一句ヒネるしかないということになるのか？（今、なんだか、とてつもなく恐ろしいことに取り組み始めたのではないかという不安に襲われているワタクシである。）

愛林日なり風にとぶ紙コップ　　夏井いつき

青き踏む　あおきふむ❖晩春❖人事

❖「踏青《とうせい》」の副題。中国の古い行事で、春になって草が青々と芽生えるころに、戸外で楽しく過ごすことを指す。

一般には馴染みのない言葉かもしれないが、俳句界においてはまだ絶滅の恐れはない俳人好みの季語だ。青草が萌えはじめた春の野を歩く潑剌とした喜びに満ちた季語への好感度は、極めて高い。その証拠に、例句は探さなくてもゴマンとあるし、現在もたくさんの俳人たちに詠み続けられている。

明治四十四年、平塚らいてう女史を中心に組織された「青踏派」は、似たような字面ではあるが、十八世紀半ば女性解放を目指すロンドンの女流文士たちの集まり「blue-stocking」からいただいた訳語。彼女たちの「新しい女」を目指す活動は、当時としては進歩的すぎるとされ、当局から目をつけられ、世間からは揶揄《やゆ》され、さらにその文芸誌は度重なる発禁処分に遭い、大正四年をもって休刊となった。もしもこのネーミングが、イギリスではなく中国からいただいたものであれば、「青踏派」は単なるお散歩集団として今も息の長い活動を続けていたかもしれない？

青き踏むクララ・シューマン傘さして　　鍵まだ有効

翌なき春

あすなきはる❖晩春❖時候

❖「四月尽《しがつじん》」の副題。四月の最終日、あるいは四月が終わることを指す。

陰暦の時代は、三月が春の終わりの気分であったが、陽暦では四月が春の終わり。「春惜しむ」「惜春《せきしゅん》」ほど直接的な表現ではないにしろ、「四月尽」にもその気分は色濃く漂っている。

が、正直なところ「翌なき春」なんて例句にお目にかかったことはない。これではまるで三流の青春映画のタイトルではないか。責任者出てこ〜い!と叫びたくなる言語センス。こんな季語にはさっさとトドメを刺したいところだが、自分勝手に季語抹殺計画を実践していては、季語辞典である本書の存在まで危うくなる。が、こんな季語でも例句を詠むのが著者の務めであると思うと、本書の完成が日々遠のいていくようで目眩《めまい》がする。

コカコーラ飲んで翌なき春の汽車　　夏井いつき

畦塗　あぜぬり❖晩春❖人事

❖「田打《たうち》」をしたあと、崩れた畦を補修する作業。水が漏れないよう、ていねいに畦を繕い塗る作業。

稲作に関する季語はさまざまあるが、最初に絶滅しそうなのがこの「畦塗」だ。「田打」「田植《たうえ》」の作業は機械化が進み、「種蒔《たねまき》」「種井《たない》」「種浸し《たねひたし》」等も方法は変わっていくだろうが、稲作においてその作業が省略されることは今のところないだろう。

我が家の周りにはまだ田圃がたくさん残っているが、コンクリートで固めているか、ブリキ板で囲っている畦がほとんど。「畦塗」という季語が近い将来消滅することを思えば少し寂しい気もするが、季語延命のため、延々と続く畦を鍬でペタンペタンと補修する作業をかってでましょうなんてことは、口が裂けても言えない。

畦塗のための有給休暇かな　　厚味厚

油まじ

あぶらまじ❖晩春❖天文

❖「まじ」は、南風のこと。晩春に吹く油を流したように穏やかな南風を特に「油まじ」と呼ぶ。

愛媛県の最南端の村で、伝馬船を漕ぎつつ鯛を釣って育ったので、この手の漁師が使う気象用語には、小さいころから馴染んでいた。祖父は村の特定郵便局の局長だったが、朝、大金庫の鍵を開けたら、仕事は全部息子である父に預け、一日中沖に出ているような放蕩ジジイであった。その祖父が時々沖に出ない日もあって、「こがいな油まじが吹く日は、頭が痛うなるけん、沖には出んのや」と言い訳していたのを思い出す。「油まじ」と頭痛の関係はよく分からないが、ひょっとするとあれは、二人もいた愛人のところに通う口実だったのかもしれない。

愛人のひとりに会ひぬ油南風　夏井いつき

家桜　いえざくら❖晩春❖植物

❖「桜」の副題。

『大歳時記』を繙《ひもと》き、「桜」の項を調べてみると、それはそれはたくさんの副題に出くわす。俳句を始める前でも「染井吉野」ぐらいは知っていたが、あっちこっち吟行に出掛けるようになってから「深山《みやま》桜」「大島桜」なんて種類があることも分かった。でも、ここにある副題には、「犬《いぬ》桜」だの「茶碗《ちゃわん》桜」だの「南殿《なでん》」だの、果ては「ははか」（上溝桜《うわみずざくら》の異名）なんてのもある。これに至っては、桜であることすら判然としない。山陰地方の佃煮の名前だと言われても、ほうナルホドと思ってしまいそうではないか。

それに引き替え、「家桜」はなんとなく分かる。○○家の桜、つまり自宅の庭にどでんと植えられている「ワタクシんちの桜でござぁますわ」ってな桜のことなのだろう。

それにしても、自宅の庭に桜があって、毎年座敷から花見ができるなんてのは、とんでもない贅沢だ。マンション住まいの人間は、まず物理的に土地がない。一戸建てを構えてる人間にしても、「家桜」を植えるほどの庭があるのは、ほんの一握り。まして、「家桜」という語感を思えば、決して昨日今日植えた若木とは思えない。どっしりと枝を張り出した古い桜に違いないと、十人中九人が感じるに違いない。となれば……ナントこれは、作者が季語を選ぶのではなく、季語が作者を選ぶという異色中の異色季語だったのである。

こんなゴージャスな季語を使った俳句が作れるような、金持ち俳人っているのかなあと単なる好奇心で調べてみたら、いましたいました！　この人が詠むのであれば、ひとまずひれ伏すしかないか。

幹太く大いなるかな家櫻　高濱虚子

磯遊　いそあそび❖晩春❖人事

❖陰暦三月三日頃は大潮の時期で、気温も水温も暖かくなり磯で遊ぶにはもってこいの時期になる。この日、磯に出て飲食をともにし遊ぶ風習は、各地に残っている。

私の生まれた愛媛県南宇和郡内海《うちうみ》村でも、この「磯遊び」の風習はしっかりと残っていた。月遅れの四月三日を村の人たちは「お節句」

と呼び、花見やら磯遊びやらをするのである。

私が子供のころ、毎年この日になると、祖父が一族郎党を愛船「はやぶさ」に乗せ、磯に連れていってくれたものだ。磯で貝を採ったり、イソギンチャクをつついて遊んだりするのは大好きだったが、半日もいると藻や貝の臭いで気分が悪くなってしまうのが常だった。

代々伝わってきた陶器の重箱の蓋を落とさないように開けるときの緊張や、厨子《ずし》の形をした竹製の弁当箱の、上品な把手のついた扉を開くときの興奮を、子供心にはっきりと記憶している。

磯遊び白ゆり荘に寄りました　　黛まだか

従兄煮　いとこに❖仲春❖人事

※「事始《ことはじめ》」の副題。「事」は祭事の意。

正直に言って、こんな季語にぶつかると、お手上げだ。でも、根がファイティングなものだから、素直にギブアップできない。得意(?)の想像力でこれがなにものであるかを推理しようと、脳が勝手に動き出す。

厄年の従兄のためになにか煮てあげると厄よけになるという風習か。はたまた、この従兄は元関取で、引退した今はちゃんこ鍋屋をやってて、この煮物が店の目玉メニューなのではないか。いやいや恐ろしくもまた、近親結婚を理由に自分をフッた憎い従兄を呪ってやりたいと思う女が煎じる毒薬?……なーんて、ひたすら脱線していくのがオチだ。

素直にギブアップし、愛用の『大歳時記』を引いてみる。

東日本では、陰暦二月八日と十二月八日を事の日とし、一方を「事《こと》納《おさめ》」、他方を「事始」とした。正月を中心とする考えでは十二月八日が事始め、農事を中心とする考えでは、二月八日が事始めである。一方、上方では、十二月十三日を「事始」「正月事始」とし、煤払いなど正月を迎える用意をした。(中略)お事汁は味噌汁。従兄煮は醤油汁。

……目が、点になった。この「従兄煮」なるものが、醤油味であることは分かった。が、「事始」においてこの醤油汁が、どんな場面でどう使われ、どう食されるのか、チンプンカンプンである。フラれた男に飲ませる醤油味の毒汁でないことだけは分かったが、いまだに判然としない。しかも、例句が載ってないとなると、これまた自分で作るしかない。まさに迷惑を絵に描いたような絶滅寸前季語である。

従兄煮のなかに入れたる黒きもの　　夏井いつき

魚氷に上る　うおひにのぼる❖初春❖時候

❖七十二候の一つ。旧暦二月十四日から十八日頃にあたる。暖かくなるにつれ、河川や湖沼の氷が割れるようになり、その氷の割れ目から魚が跳ね上がる、の意。

中国の暦を基とした七十二候の季語は、吟行用のハンディな歳時記からはすでに抹殺されている。もっとももこんなのまで載せてたら、ハンディになれるはずはないのだから当然と言えば当然の話だが、まあいずれにしろ、この手の季語は音数が多く、現実味にも欠けるので詠みにくいことも確か。同じ系統の春の季語に「田鼠《でんそ》化《か》して鴽《うずら》となる」

（本書・一一四頁参照）なんてのもあるが、デンソカシテウズラトナルとくりゃあ、これですでに十二音。残り五音でどう勝負しろってんだィ！と、啖呵の一つも切りたくなる。
が、しかししかし、こんな悪条件が揃っているにもかかわらず、この手の季語が延々と今日まで生き残り、しかもそれなりの例句にことかかないのは、悪条件をこそ面白がる俳人たちの、大いなるヘソ曲がりのおかげかもしれない。

老酒や魚氷に上る頃の星　　夏井いつき

雨水

うすい❖初春❖時候

❖二十四節気の一つ。陽暦二月十九日頃。

俳句を始めた頃、この「七十二候」だの「二十四節気」だのという季語が鬱陶しかった。やっとどういう仕組みなのかが分かってからも、やはり他人に説明するのは面倒臭い。が、要は、「候」を単位だと考えればいいのだ。「一候」はおよそ五日間。「一候」が三つ集まり「三候」になると、単位は「節気」に格上げされ、およそ十五日の区切りが「一節気」になるという塩梅だ。

二十四節気は、前出の七十二候に比べ圧倒的に文字数が少ない。しかも一般にも馴染みのある「立春・啓蟄・春分」なんてのもあるくらいだから、七十二候が日本の歳時記から消滅しても、二十四節気が生き残る可能性は高い。

もっとも、この手の季語の中ではマニアックな部類に属する「雨水・清明・穀雨」などは、油断をしていると正しく読んでもらうことすら危うい。かつて私が講師をしていた某専門学校の学生たちに、これらの読み方を問うてみたら、八割の学生から「あまみず・きよあき・こくあめ」と、判で押したような答えが返ってきた。予想どおりとはいえ……を、を、涙の漢字力。

踏切の開かぬ雨水の荒川線　寺山修辞

歌詠鳥　うたよみどり❖三春❖動物

❖「鶯《うぐいす》」の副題。

古来、詩歌に多く詠まれてきた鳥であることからの命名か。あるいは、歌を詠むがごとくに鳴くという鳴き声に対するネーミングか、そのところはよく分からないが、いずれにしろこれだけたくさんの季語バリエーションがある鳥は、「鶯」以外にないだろう。冬の間は「笹鳴《ささなき》」と愛でてもらい、春先に聞こえてくる第一声は「初音《はつね》」と大喜びされ、夏になったらなったで「老鶯《ろうおう》」と慈しんでもらえるのだからシアワセな話だ。

同じ副題でも、「春告鳥《はるつげどり》・花見鳥」は季節の気分が伝わってくるし、「経読鳥《きょうよみどり》」はホーホケキョと法華経の語呂合わせだろうと想像はつくが、「黄粉鳥《きなこどり》」なんて呼び名まであるのには驚いた。なんで、餅につける黄な粉と一緒にされなくてはいけないのかと、鶯に代わって憤ってやりたくなる。

それにしても「歌詠鳥」と「黄粉鳥」が同じものを指しているなんて発想は、なかなか大胆。このギャップあるネーミングを面白がるのが俳人の習性であり、自分こそがこのギャップを詠みわけてみせよう、なんて思うのがカナシクも俗な俳人根性である。

さしのべて歌詠鳥の山河かな
黄粉鳥《きなこ》とはワタクシのことですか

夏井いつき

絵踏

えぶみ❖初春❖人事

❖江戸時代、禁制のキリシタンであるかどうかを調べるために、キリストの絵像を踏ませた行事。完全に廃止されたのは、明治四年。

今の時代であれば、宗教問題と人権問題と国際問題とがごっちゃまぜに勃発しそうな危険な行事（？）である。当時の長崎では一月四日から八日までに実施すると決められていたらしく、最終日には着飾った遊女たちの絵踏が行われるため、見物人が山のように集まってきたというのだから、吃驚《びっくり》仰天。

根っから宗教心というものがないので、己を基準に語るのは大きな間違いかもしれないが、なんでこんな検査をされて「いえ、絶対に踏めません」と潔癖に拒絶する必要があるのだろう。ちょいと踏んですむことなら踏めばいいじゃないか。そんなものを踏んだからといって、バチを当ててやるなどと言い張る神様なら、最初から信じないこっちゃ。

親しいクリスチャンの友達に、「……だからね、神様がほんとにバチを当てるかどうか、ちょいと踏んで試してみればよかったんだよ」

と意気揚々語ったら、彼女はすぐにうつむき、静かに強い声でこう祈ってくれた。「主よ、こんな彼女ですが、心根は決して悪い人ではありません。でも、心身ともに頑丈な造りにできてますから、心置きなく罰してくださって結構です。アーメン」おいおい、アンタそれでも本物のクリスチャンかい!?

その足の絵を踏みたればどよめきぬ　夏井いつき

貝合

かいあわせ❖三春❖人事

❖本来は、珍しい貝に歌を添えて競う遊びであったが、同一の蛤《はまぐり》の二枚の貝殻を合わせる遊びとなった。貝殻の内側には、さまざまな絵が描かれるようになり、このゲームが歌留多の原型となった。

改訂前の『大歳時記』(『カラー図説日本大歳時記』)には確かにこの「貝合」は採録されているのだが、改訂後の『大歳時記』(『カラー版新日本大歳時記』)からは抹殺されている。こんな事実が判明すると、季語が死ぬ現場を目の当たりにしたようで、やはり絶滅委の活動は必要だ! と、訳もなく叫びたい気持ちになる。

そもそも、絶滅寸前季語保存委員会設立の目的とは「次代の歳時記では間違いなく削除されるであろう季語保存のための作句活動」であり、そのスローガンとは「死にかけている季語を詠んで、次代の歳時記に自分の一句を載せてもらおう！」である（文字にしてみるとずいぶんセコイが……）。

『大歳時記』においてすでに殺されてしまった「貝合」だが、絶滅委の活動によっては次の改訂で復活しないとも限らない。万が一そんなことにでもなれば、これぞ万々歳の成果だが、それもこれも例句とするだけの価値ある作品が詠めるかどうかにかかっている。フンドシを締め直してかからねばならない。

雲の端に夕日さしゐる貝合　杉山久子

ロケで愛媛県宇和島市・伊達博物館を訪れたとき、館所蔵のそれはそれは豪華なお雛さまに出会った。そのスケールの大きさと細工のこまやかさに感動したのだが、お雛さまと一緒に展示してあった嫁入り道具の中に「貝合」を見つけ、思わず歓声を上げた。

学芸員の二宮さんの話によると、お輿《こし》入れの行列の先頭に立つのが「貝合」の道具を入れた「貝桶《かいおけ》」だったらしい。「貝合」に使う蛤は、夫婦和合の象徴として、婚礼道具に入れられるようになったという。金箔がほどこされた二枚貝の内側には、花や虫の絵が繊細なタッチで描かれており、いかにも風雅で上品なお道具。いつまでたっても見飽きない、素敵なひとときであった。

そんな古典的かつ優美なイメージを描いたのが、杉山久子の作品。まさに絵巻物のような味わいの一句である。

二分だけ中継されし貝合

渡部州麻子

こんな現代感覚の取り込み方があったということに、意表をつかれた一句。「貝合」と現代を切り結ぶ接点を探っていけば、このあたりが一番リアルなのかもしれない。

ロケが終わった翌々日、編集上がりのＶＴＲには、二宮さんが真っ白な手袋をして一枚一枚並べてくださった貝殻が、大きく映っていた。金箔の地に描かれた撫子《なでしこ》の花の細い花弁のそよぐ様までが見てとれた。「貝桶」から貝を取り出すときの色のあふれるさまや、貝殻を合わせたときのかすかにきしむような音までもが聞こえてくるような、あえか且つあでやかな映像だった。

最初から欠けてゐたりし貝合　夏井いつき

貝寄風　かいよせ❖仲春❖天文

❖陰暦二月二十日前後に吹く西風。

たかが風にさえも、さまざまな名前をつけてきたこの国の精神性を心から愛する。今、吹いている風が、この浜辺へさまざまな美しい貝を吹き寄せているのだと思いをはせる、その心のありようが好きなのだ。

♪ああ、それなのにそれなのに……なにも、こんなふうに詠み捨てなくてもいいじゃないのと思いつつ、脳みそに刻印されてしまった一句。

貝寄せや愚な貝もよせて来る　松瀬青々

貌鳥　かおどり❖三春❖動物

❖実体不明。呼子鳥《よぶこどり》（カッコウの別称）説、鴛鴦《おしどり》説、郭公《かっこう》説などがある。

さまざまな歳時記を調べてみたが、この鳥が一体なにものであるのか、明確に説明されてない。『万葉集』にも出てくる名前らしいが、結局のところ、どの歳時記も「実体は分からない」点で共通している。

貌鳥の貌の見えざる瀬音かな　広田野歩

もっとも俳句の世界では、実体がなくても堂々と詠み続けられている季語はたくさんある。ヘソ曲がりな俳人たちは、その語感や字面を面白がったり、その語が内蔵している連想力を喜んだりするのだ。

その点において、この季語における「貌」という文字はなかなか強烈。わけが分からないけどなにやら面白いという俳人魂をくすぐる。

現時点での絶滅度はかなり高いが、その潜在能力は、「亀鳴く」や

「蚯蚓《みみず》鳴く」に匹敵するものがありそうな絶滅寸前季語である。「杲《はこ》鳥（箱鳥）」という副題もまた、くすぐられる字面。

箱鳥や五百の卵うみながし　才丸

亀鳴く

かめなく❖三春❖動物

❖オス亀がメス亀を慕って鳴く声が、春の夕暮れに聞こえてくるという空想的季語。勿論、亀は鳴かない。

一般人は、こんな季語があることに驚くが、俳人の間ではまだまだ現役バリバリの季語。春の暮れのぼわーんとした空気を思えば、亀も鳴きそうな気配。こんな発想ができるのが俳人なのさッ！　と、思ってたら、なんとこれは和歌から発生した季語だというではないか。

河ごしのみちのながぢのゆふやみになにぞときけばかめぞなくなる

藤原為家

（『夫木《ふぼく》和歌抄』）

題詠（題を与えられて詠むこと）で、この和歌が最初に詠み上げられたとき、きっと参会していた皆様は、ぷはっと笑ったに違いない。そのぷはっとした笑いは、「亀鳴く」という季語として生き残り、現代の読者たちにもそのぷはっとした笑いを手渡し続けてくれるのだ。

鳴く亀のひとつひとつをうらがへす　夏井いつき

髢草

かもじぐさ❖晩春❖植物

❖イネ科の二年草。五〇～七〇センチ。

「髢草」が絶滅品種であるわけではない。「髢《かもじ》」という言葉が一体、どこまで生き残れるのだろうかと思ったまでだ。

「髢草」の命名は、この草を揉んで人形の髢（婦人の添え髪。入れ髪）にして遊んだところからきたものではないかと言われているが、この命名エピソード自体がすでに古い。今どきの子供たちは「この草、お人形の髭になるね」なんて発想はしないだろうし、髭なんて言葉が日常語として出てくる家庭もないだろう。「ドレッサーのところに置いといた私のカモジ知らない？」……なーんてねぇ??

髭てふ字がまず読めずかもじ草　遊月なゐ

獺魚を祭る　かわうそうおをまつる❖初春❖時候

❖七十二候の一つ。陽暦二月十九日から二十三日のころ。

獺《かわうそ》には、とってきた魚をすぐに食べないで、そこここに並べておく習性があるということは、正岡子規の俳号「獺祭書屋主人《だっさいしょおく》」のエピソードから知った。病床の子規さんが、手の届くところになんでも並べている己のさまを、こんなふうに俳号にしてしまうのは、彼のもって生まれたユーモア精神。

手の届くところになんでもかんでも並べるさまは、まるで今の私の仕事部屋のごとき光景。パソコンが置いてある机の右手側には、愛用の『大歳時記』。現在は付箋をいっぱい貼った春の部がドスンと置かれている。左手の側には息抜きのときに聴く小さなイヤホーン付きCDプレーヤー。いま入っているCDはサザンオールスターズの『バラッド3』。桑田さんの声は身も心も癒してくれる。右手奥の砥部焼の筆立ての横には、すでに冷えきっているコーヒーカップ。この位置には、確率として缶ビールか水割りグラスが立っていることの方が多い。かたや左手奥にはティッシュペーパーの箱。今はまだ大丈夫だが、イネ科の花粉が飛び回るころには、この箱なしでは一行も原稿が書けない悲惨な状態が訪れる。視線を落としてみると、右斜め後方に置かれているのは小さな電気ストーブ。五畳ほどの部屋だから、暖房はこれ一つで充分だ。右足の親指と人差し指を使って温度操作できるのは私の特技の一つ。さらに、足元の床に広がっているのは、『大辞典』二十巻と残りの『大歳時記』、あれやこれやの贈呈句集、昨今の俳句総合誌、俳句新聞『子規新報』のバックナンバーなどなど。「この季語の句で、たしか面白いのがあったんだよ」とブツブツ言いながら例句を探してはひろげ、探してはひろげを小一時間も繰り返せば、毎日同じような状態になる。でも私がエライのは、その日の夜にはそれらの散らかっていた書物が、部屋の片隅やら元の本箱やらへ、きちんと戻ってしまうことだ。エッヘン！　と、威張ってみせたいところだが、そうしないと布団が敷けないという差し迫った事情のせいであって、私が子規さんよりも潔癖であるという証拠にはならない。

「獺魚を祭る」だけで、十音もある季語。こんな場合、副題として「獺《おそ》の祭《まつり》・獺祭《だつさい》・獺祭魚《だつさいぎよ》」などの短いバージョンが必ず添えられているのは、俳人たちの涙ぐましい努力なのか、はたまた単に昔からあっただけなのか、そんなことすら知らないくせに、私のファイティングな俳人魂は、この十音に戦いを挑んでしまうのだ。

泣き虫の獺魚を祭りけり　夏井いつき

雁瘡癒ゆ

がんがさいゆ❖三春❖人事

❖**雁が来るころに発生し、雁が帰るころに治る、慢性の皮膚病の一種。**

「雁瘡」に該当する皮膚病は、今でも存在しているのだろうが、ガンガサという呼び名は聞いたことがない。病院に行って「これガンガサですね」なんて言われたら、ソレハナニモノジャと目を剝く人の方が多いに違いない。

考えてみれば、秋に発症して治癒するのに春までかかる、しかもそれは自然治癒にまかされているという状況が、現代ではすでにありにくい。薬もずいぶんいいものが出回ってるし、こんな痒いものを春まで放っておく人もいないだろう。ちょっと病院に行って、薬を貰ってくればすぐに治るはず。となれば、「始終じくじく」だの「雁がいるころにはさっぱりよくならず」等というおおかたの歳時記の解説どおりの「雁瘡」は、すでに前時代の遺物。言うならば、医学によって滅ぼされつつある季語だということになる（ウーン、こりゃあスゴイ結論になってきたぞ）。

こんなふうにインパクトは強いが、ほとんど正体不明に近い（？）字面の季語を扱うときこそ、大胆な取り合わせが有効。我らが絶滅寸前季語保存委員会メンバーのこんな二句はいかがだろうか。「眼球の汚れ」「マリアの歌」のような言葉と絡めることによって、「雁瘡」は、ひょっとすると新しい磁場を獲得できるかもしれない。

眼球の汚れは頑固雁瘡癒ゆ　岡村知昭
愛唱歌はマリアの歌よ雁瘡癒ゆ　松本京子

寒食　かんしょく❖仲春❖人事

❖二十四節気「清明《せいめい》」の前日。この日は火を使わず、冷たいものを食べた。この時期は風が強いため、火の用心の意だとも、新しい火をたいて春を迎える心だとも言われている。中国の風習。

なんで中国の風習を歳時記に載せんといかんのじゃとも思うが、「日本でも一部で行われたらしい」と『大歳時記』に書いてある。なんでもやってみたがるのは、外来モノに弱い日本人の性癖かもしれない。

それにしても、現代の私たちが「火気を用いず、冷たいもの」を食べる一日に挑戦するとなれば、一体その日は何を食すことができるのか。

おっ、冷や奴とビールか？とも思ったが、豆腐だって製造過程では火を使う。ビールにしても熱なしにはできないに違いない（ビールを作ったことないのでよく分からんが)。うーん、そういえば今朝は火を使わずに食事をすませたなあ。ハムとレタスなら文句はないだろう。いやいや、これも食べる己が使わないだけで、火を使わないハムなんてできるはずない(……と思うが)。となると、朝食の食卓で生き残ったのはレタスだけか。うーむ、苦戦だ。ここは卵ぐらいつけてほしいところだが、オムレツもスクランブルエッグもアウト。となれば、この「寒食」の日の朝は、レタスを齧り生タマゴを飲んで出勤ということか。

寒食の日のネクタイの曲がりやう　　夏井いつき

雁風呂

がんぶろ❖仲春❖人事

❖海上で休むときのための木片をくわえて渡ってきた雁は、その木片を落とした同じ浜で、帰るときにまた木片を拾って旅立つ。春になって浜に残った木片の数だけが、帰れなくなった雁の数だとし、それを拾って風呂を焚くという空想的季語。勿論、雁は木片をくわえて飛んだりはしない。

『大歳時記』には、「江戸中期の季寄せ『滑稽雑談』などから生まれた季語」らしいとあり、外ケ浜（青森県の津軽半島の陸奥湾に臨む海岸の古称）のあたりの浜であると具体的な地名まで書いてある。いずれにしても、「雁《かり》」という季語の持っている寂しさや哀れさが、江戸中期の人々にこのような物語を想像させたことは間違いないだろう。江戸時代の皆さんの、そのフィクション精神にお応えせねばと、俄然はりきってしまうのが我が絶滅寸前季語保存委員会メンバーの長所！……なのかなぁ。

雁風呂やメッツの帽子漂流す　瓢箪山治太郎
雁風呂や今夜はちよつとごめんなさい　かたと
雁風呂やお肌すべすべ由美かおる　大福瓶太
雁風呂や丸山健二スキンヘッド　梅田昌孝
雁風呂や木琴ばらばらレも取れる　横野しょうじ

書き写しているだけで情けなくなってくる自称自信作は、まだまだたくさんあるのだが、これらの句の存在意義とは「な〜んだ、こんなんでも絶滅委に参加できるんだ」という安心感を、読者に提供するぐらいのものだろう。

ＮＨＫ教育テレビ『天才てれびくんワイド』で「俳句大賞」というコーナーをやっていたことがある。全国の子供たちから投句された俳句を、スタジオのテレビ戦士（と名付けられた子供たち）や、司会の山崎邦正さん、リサ・スティッグマイヤーさんたちと、その場で議論しながら「俳句大賞」を選ぶという趣向の番組だった。

そこで、私が評価の基準として彼らに提示していたのが、「五音分のオリジナリティー、五音分のリアリティー」という言葉だ。俳句というのは、短い詩型だから、同じようなことを考えてしまうこと（類想）、ほとんど同じ言葉の十七音ができあがってしまうこと（類句）は往々にしてある。自分の作品を、自分の名前で堂々と登録するためには、この五音分のオリジナリティーとリアリティーがあれば可能になるのだと説明していた。

その意味において、前者の五句には十二分過ぎるオリジナリティーはあるが、読者に伝わるリアリティーがない。そこが勝負の分かれ目なのだ。

雁風呂と知りて気持ちは安まらぬ　十亀わら

雁風呂や宗教新聞束ねをる　律川エレキ

雁風呂やうしろにまはりたるは鬼　杉山久子

今、入っている風呂が「雁風呂」だよと聞かされたとたん、ざわめき始める作者の心。入ったこともない「雁風呂」に、今まさに自分も入っているかのような仮想の追体験を共有させる、十亀わら。「雁供養」の副題を持つ「雁風呂」に対し、「宗教新聞」を取り合わせた律川エレキは、風呂の焚き付けにする新聞のイメージもさりげなく重ね合わせる。さらに、「雁風呂」という季語が作り上げるバーチャルな世界の中に鬼を放つことで、後ろの正面だあれと聞かれたときに一瞬よぎる、頼りなくも淋しい感情を引き出そうとする、杉山久子。それぞれの句が持つ五音分のリアリティーが、読者の心にさざ波を立てる。

アマゾンの雁風呂ほどのぬるさかな　　キム・チャンヒ

一見、奇をてらったように見える「アマゾン」という地名だが、この句では、何がぬるいのかが明確に示されていない。「雁風呂」自体がぬるいとも、「アマゾンの雁風呂ほど」ぬるい何かがあるとも、読める。決して巧い句だとは言わないが、こんな謎かけもまた一つの発想。

そしてまた、こんな懐かしい商品名を詠み込んでみるのも、俳句たる遊び心だとおゆるしいただいて。

桃太郎マッチ雁風呂ぬるい温い　　夏井いつき

北窓開く　きたまどひらく❖仲春❖人事

❖冬の間締め切っていた北向きの窓を開くこと。

長い冬を体験する北国の人たちにとって、北窓から入ってくる冷たい隙間風の音を気にすることもなくなる春。その訪れを心から喜ぶ、実感に満ちた季語なのだろう。

が、四国は愛媛県の滅多に雪も降らない安穏な街でのほほんと暮らしている私にとっては、あまりにも実感の薄い季語である。さらに昨今の建具サッシの優秀さは「隙間風」と共に「北窓塞ぐ」「北窓開く」

等の季語をも絶滅寸前に追い込んでいる、といってもは過言ではない。
このような現状において、先の項目「雁風呂」の如く「アマゾン」の地へ発想を飛ばす程のオリジナリティーのある例句を考え出すのは、確かに高いハードルではあるが、それにしてもアンタ、「スワヒリ語」使うような国で北窓塞いだり開いたりする必要があんのか？

北窓開く村長のスワヒリ語　　桂のび太

……え？　村長、権力抗争に敗北して北国に亡命してんの？　そ、そんなバカな。もっと現実的な例句もあるだろッ！

北窓開いても隣の壁　　尾崎ほうかい

旧正月　きゅうしょうがつ❖初春❖時候

❖陰暦の正月。「旧正《きゅうしょう》」ともいう。

地元の南海放送TVで『夏井いつきのぶらっと季語の旅』という番組を六、七年やっていた。カメラマンの三好さんは自分の好きな風景を撮り、私は自分のペースで俳句を作り、それをディレクターの山中さんがまとめるという三人のチームワークで続いたこの番組は、俳句の盛んな松山という土地柄のおかげもあって、同局ではなかなかの人気コーナーだった。

いつぞや「高浜《たかはま》の港は、旧正月を祝うために島に戻っていく人たちで賑わっているはずだから行ってみましょう」という山中さんの言葉に、「いまどき旧正月を祝ってるとこなんてあるのォ!?」と疑いながら、ロケに出たことがある。

島へ渡るフェリーには、樒《しきみ》の花などを抱えて乗り込んでいく人もあるが、この人たちが果たして旧正月の帰省客だという証拠はどこにもない。「絶対に帰省客だから。賭けてもいいですよ」という山中さんの挑発に乗ってしまった私は、ワザと最もそれらしくない若い男女を選んでインタビューを始めた。「どこの島へ行くの?」「いやぁ、行くというより帰るって感じですかね」「なんでまたこんな時期に?」「いやぁ、旧正月でしょ。実家の親たちが帰るんだろうと何度も言ってくるんで、しかたなく職場の上司に休暇願いを出したら、旧正月だなんて理由があるか、もっとマシな言い訳考えてこいと言われてしまって」

そんなふうに彼が笑えば、かたわらの彼女も「主人がいきなり、旧正月だから帰ろうって言い出すものだから、なにそれって思わず聞き返しちゃって。結婚するまで、そんな風習が残ってるところが、日本にまだあったなんて思ってもみなかったですから」と笑う。お土産の紙袋を両手に抱えた彼らを盛大に見送りつつ、生涯で初めて作った旧正月の一句。

旧正の島へ嫁さん見せに行く　　夏井いつき

耕牛・耕馬

こうぎゅう・こうば❖三春❖人事

❖どちらも「耕《たがやし》」の副題。「耕」とは、田植えのために田を耕すことを指す。

現代の日本では、自分ちで牛を飼ってる、馬を飼ってるだけでも、珍しい話。うちのジイチャンは闘牛の牛を大切に世話してるとか、どこぞの官僚は公費をくすねて競馬用の馬を買っててたらしいなんて無責任な噂を、ときどき耳にすることはある。が、田を耕すために牛馬を飼ってるとなれば、絶滅度はさらに進む。

合理的な農業経営を考えれば、農地の区画整理や機械化は必須条件。年に一度の村のお田植神事のために牛を飼っておいてあげましょうなんて余裕のあるのは、こういうセレブ農家以外には考えにくいか。

耕牛の後ろにベンツ止め置きぬ　　たかが修行

蚕飼　こがい❖晩春❖人事

❖繭《まゆ》をとることを目的として、蚕《かいこ》を飼うこと。

一つの季語が衰え始めると、それに付随し関連するさまざまな季語も一気に消滅へと動き出す。蚕を飼わなくなると「蚕屋《こや》」「飼屋《かいや》」と呼ばれる飼育場所は不要となり、そこで使われていた「蚕棚《かいこだな》」「蚕卵《さんらん》紙《し》」等の道具類も廃棄される。蚕に食べさせるための桑の畑も画然と減るため「桑摘」「桑解く」という農作業の季語も衰退する。季語絶滅への道はこうして動き出すのだ。

信濃路や宿借る家の蚕棚　　正岡子規
富士晴れぬ桑つみ乙女舟で来しか　　河東碧梧桐

が、だからといって諦めてはいけない。私たち俳人には、想像力という強靭な翼がある。見たことがあるかのような虚構を構築できてこその表現者であるのだ……たぶん。

蚕飼とは何ぞ転職情報誌　夏井いつき

駒返る草

こまがえるくさ❖初春❖植物

❖古い草が、青く萌え出すこと。

『大歳時記』の解説によると、「こまがへる」という古語があって、これは年老いた者が若返るという意味らしい。『大辞典』を調べてみると、『源氏物語』の「玉鬘《たまかずら》」の一節が「などか里居はひさしくしつるぞ。例ならずや。まめ人の、ひきたがへ、こまがへるやうもありかし」と引用されている。「あ〜ら、あなた最近、ちょっと見ないうちにすっかりこまがえっちゃって」なんて具合に使われていたのだろうか。

『大歳時記』のこの項の解説を担当しているのは、ホトトギス主宰・稲畑汀子さん。「『春の草』『若草』といった同じ情趣を表す季題に比べ、やや理がかっており、この季題を通して春情を詠むのは難しい」と書いてらっしゃる。花鳥風月の大御所がそうおっしゃるだけに、例句は少ない。ないことはないが、そのほとんどははっきり言ってつまらない。こういうムズカシイ季題こそ、伝統派の大所帯・ホトトギスの皆様がこぞって詠んでくださると、本書の完成も早くなるのだがなあ。

駒返る草にひろげて新聞紙　　夏井いつき

佐保姫

さおひめ❖三春❖天文

❖奈良・佐保山を神格化した女神で、春の造化をつかさどる。

秋の「竜田姫《たつたひめ》」と並び称されるのが、春の「佐保姫」だ。神話の世界からのご登場となる、このような空想的季語を詠むとき、実作者たちの前には大きな落とし穴がぽっかりと口を開けている。

佐保姫を見た見たといふ男　　梅田昌孝
佐保姫に耳をかさぬきこりかな　　石田ハ行

梅田昌孝の作品は、上五に「松たか子」と入れても大差ない一句である。かたや、石田ハ行は、日本昔話みたいなシロモノ。せめて五七五のリズムぐらい整えろと言いたい。いずれにしろ、「佐保姫」のところに「竜田姫」を入れようが「松たか子」を入れようが「青鬼」を入れようが、たいして変わりがないとなれば、間違いのない失敗作である。

佐保姫の口笛らしき風きたる　杉山久子

佐保姫や素足に虹の飾り紐　中村阿昼

この月、互選上位に躍り出たのは、この二句。「佐保姫」だからこそ「口笛らしき風」や「素足」の「飾り紐」といった発想が生まれたに違いない。

桜狩　さくらがり❖晩春❖人事

❖「桜」を求めて歩くこと。

桜を求めて歩くったって、花見をしようと思えば、それなりの場所ってもんがあるだろうに。『大歳時記』の解説を読むと「そのためならば、一日に二〇キロ、三〇キロも厭わないのである」と書いてある。確かに、そこまで歩けば、「～狩」と名付けても誇張ではない気がする。

副題には「花巡《はなめぐり》、桜人《さくらびと》、桜見《さくらみ》、観桜《かんおう》」なんてのもあるが、「桜狩」という語の迫力とは比べものにならない。かつて、オヤジ狩りのニュースを聞いて、その言葉のインパクトにぎょっとした覚えがあるが、「～狩り」という言葉には生々しくて腥《なまぐさ》い動機が隠されているような印象をもってしまうのは、私の語感が現代病に侵されているからなのだろうか。

子規さんのこんな一句に出会って、あっそうか、子規さんたちの時代はこうだったんだよと、すとんと納得できた今日このごろ。

大粒な雨ふりいでぬ桜狩　正岡子規

蛇籠編む

じゃかごあむ❖晩春❖人事

❖護岸のために用いる、竹または鉄線で編んだ円筒形の籠。

今の今まで、この季語は「捕まえた蛇を入れるための籠を編むこと」だと思っていた。ああ、吃驚。

時々、「まだ俳句のことは何ひとつ分かってないので、せめて季語の勉強をしてから実作に入りたいと思います」なんていう人がいるが、そんなのは大間違いのコンコンチキだ。季語のことをすべて勉強なんかしてたら、俳句を作り始める前に、寿命が尽きちゃってるに違いない。なにも知らなくても、俳人面してこんな辞典書いてるヤツもいるんだから、さあ自信もって、最初の一句、書いてみましょうよ。

蛇籠とは何かも知らず蛇籠編む　　夏井いつき

麝香連理草　じゃこうれんりそう❖晩春❖植物

❖**「スイートピー」の別名。地中海原産。日本には幕末のころ伝わってきた。**

うわー、なんじゃこりゃ。『大辞典』を調べてみると、「麝香」とは「ジャコウジカの下腹部にある鶏卵大の麝香腺を乾燥して得られる香料。紫褐色の粉末で芳香がきわめて強く、強心剤、気つけ薬など種々の薬料としても用いられる」とある。かたや「連理」とは「①一つの木の枝が他の木の枝と相つらなって、木目の相通じること。古来、吉兆とされる。②男女の契りの深いことにたとえていう。③義理を重んじること」なのだそうな。

本州・九州には、もともと「連理草」というマメ科の多年草があったらしく、スイートピーがそれに似ているということで、こんな名前になったのかもしれないが、それにしてもそれにしても、松田聖子の名曲「赤いスイートピー」が、実はこんな和名をもった植物だったとは驚きである。

離婚して真赤な麝香連理草　　夏井いつき

鞦韆

しゅうせん❖三春❖人事

❖「ぶらんこ」の別名。

『大歳時記』の解説によると「鞦韆」という呼び名は「中国北方民族のものが中国に伝わって呼ばれた名」であると書いてある。革偏が上下に並ぶ漢字二字は、いわれてみると北方騎馬民族のイメージに通じるものがある、と勝手に納得するが、そもそもこの漢字、どういう意味なんだろう。

『漢字源』によると、「鞦」は「しりがい。牛や馬の尾にかけて、ぐっと引き締めるかわひも」のことだという。さらに「鞦韆」の解説までしてあって、「ひもを引きしめて、前にうしろに遷ることから」この字が使われるらしいのだ。北方民族のオジサンたちが馬に使っていた革紐でもって、子どもたちの喜ぶ遊具を作ってやったんだろうか。

いやいや、たしか中国では貴族の娘や官女たちの遊びだったという解説を読んだこともある。あ、そうだ、あの漢詩の作者って誰だっけ？　漢文の時間に習ったぞ。

春夜

蘇軾

春宵一刻値千金

花有清香月有陰
歌管樓臺聲細細
鞦韆院落夜沈沈

最初の一行だけが有名になってしまってるけど、この漢詩の最後の一行に「鞦韆」が出てくる。ええーっと、意味はたぶんこんな感じだったはず。

春の宵はほんの一刻でも千金の値打ちがあるよ。
花には清らかな香りがあって月は陰りもするよ。
歌や楽器の音が高殿に細々と聞こえてくるよ。

鞦韆のある中庭に夜は沈々と更けていくよ。

この漢詩に描かれた「樓臺」は粗末な家屋ではなく、「院落」はそんじょそこらの庶民の庭ではないわけで、そうなってくると「鞦韆」のイメージは、馬の匂いのする北方民族から一挙に、たおやかな宮廷の遊具に格上げされていく。

そんな「鞦韆」の歴史をたった十七音で詠めなんて、嗚呼ご無体な……。そして、こんな姑息な例句一句を考えるために、値一刻の春宵を浪費している自分が切ない。

春
鞦韆の革紐軋む夜沈々　夏井いつき

種痘

しゅとう❖晩春❖人事

❖天然痘の予防接種のこと。

『大歳時記』の解説によると「天然痘が絶滅したために、過去の季語になった」とある。おお！　これぞ、正真正銘絶滅季語の登場だ。

季語が絶滅していく過程にはさまざまな理由があるが、医学の発展によって絶滅を余儀なくされるものも多い。が、だからといって「天然痘が絶滅した以上、『種痘』という季語を歳時記に残しておくのはナンセンス」と言い切ることは、私にはできない。

こんな句に出会うと、時代の手触りをこんなふうに詠み継ぎ、読み継いでゆくことの価値をしみじみと思う。

村中に有線放送種痘の日　　夏目僧籍

春窮　しゅんきゅう❖晩春❖人事

❖晩春になって、食べ物がなくなってしまうこと。

なんじゃこりゃと現代人は思うに違いないが、水戸黄門さまが諸国を歩き回っていたころには、こんな話は山のようにあったはず。現に、私の住んでいる愛媛県には、「春窮」の歴史の中に燦然と輝く人物がいる。

彼の名は、義農作兵衛。名前もスゴイが、やったことはもっとスゴイ。その昔、村中の人たちが飢えに苦しみ、種籾《たねもみ》までをも食べてしまわざるをえなかったほどの大飢饉の年、「この種だけは食べてはならぬ」と麦種の入った袋を枕にしたまま餓死してしまったのが、この男。作兵衛さんが命にかかえて守った麦種のおかげで、その村の人たちは救われたという美談中の美談なのだ。

彼が亡くなって四十四年も経った安永五年（一七七六年）、当時の松山藩主・松平定静がこの男の生きざまに感銘し、碑文を撰せしめ、作兵衛の子孫にその碑を祭る費用として年貢米一俵を下賜せられたと

『松前町史《まさき》』にも書いてあるぐらいだから、そんじょそこらのサクベエさんではないのだ。
この町には、義農公園と名付けられた小さな公園もあり、毎年彼の功績をたたえる義農祭も行われるぐらいの歴史的かつ町内的有名人なのだが、ただしこの手のお話のツライのは、彼の行動がどんなに立派でも「私も、やってみます」と言えないところだ。

春窮やラーメンライス大盛す　坪内でんねん

治聾酒

じろうしゅ❖仲春❖人事

❖春の「社日《しやにち》」に酒を飲むと、耳がよくなるという風習。

春の社日ってのが、まず分からない。『大歳時記』によると「春分に最も近い戊《つちのえ》の日」だというが、そう説明されてもよく分からない。この日に「中国では土地神を祭る風習」があったとも書いてあるが、ここまでくると、もうなんでもいいやという気持ちになる。我ながらこんな態度で絶滅寸前季語が救えるのかと反省するときもあるが、細かなことは困ったときにまた調べればエエわいと、開き直ってしまう。

「要するに治聾酒ってのは、耳がよく聞こえるようになる酒なんだろォ」と、ポイントだけを確認し、作句モードに切り替える。お酒を飲む席でのあれこれを、カメラの映像を確かめるように、頭の中で再生していく。じーっとその画面を見つめているうちに、こんな耳が出現してきた。ここらで一句といくか。

治聾酒の過ぎたる耳のまつかなり　夏井いつき

捨頭巾　すてずきん❖晩春❖人事

◈**春になって防寒用にかぶっていた頭巾を使わなくなること。**

『大歳時記』の解説には、「昔は、防寒用として多く用いられていたが、現在では、雪国のような寒い地方でもめったにお目にかかれなくなった」と書いてあるが、この一節は、是非、以下のように書き直していただきたい。「昔は、防寒用として多く用いられていたが、現在では俳人・中原道夫氏以外でこれを使用している人は、雪国のような寒い地方でもめったにお目にかかれなくなった」

『銀化』主宰・中原道夫さんは、絶滅寸前季語保存委員会にとっての最大の味方であり、まさに絶滅寸前季語バスターとしての名声を欲しいままにしている俳人である。本書でも、「竹婦人《ちくふじん》」「毒消売《どくけしうり》」「インバネス」の項目でその力を見せつけて下さっているが、先だって仕事をご一緒した折のこと。一段落ついて、さあこれから皆で呑みに行こうと外に出たとたん、「おお、やっぱり寒いなあ」と彼が取り出してきたのが、まさにあの「頭巾」。テレビの時代劇なんかで見る宗匠頭巾ってのは、たしかにこんな形をしていたはず。大きな頭（失礼）にちょこんと乗せた宗匠頭巾が、肉体と一体化したかのごとき似合い様。こんな希有な人がいることに感動した私は、心ひそかに「冬月を言祝ぐ宗匠頭巾かな」という句を、彼の後ろ姿に捧げたのだった。

いかにも宗匠らしい渋くて上等そうな色合いなのに、「これはインドだかどこだかの布らしいんだよ」と、わざわざ手にとって見せてくれた中原さんの頭巾。きっとあの頭巾も今ごろは、樟脳《しょうのう》の濃く匂ふ箱の中かなんぞに、丁寧に仕舞われているに違いない。

中原道夫さんへ
特大の宗匠頭巾脱ぎにけり　夏井いつき

清明

せいめい❖晩春❖時候

❖二十四節気の一つ。陽暦四月五日頃。

四月五日ともなれば、桜も咲き、空には光があふれはじめ、まさに清々しい明るさに包まれた季節となる。「セイメイ」という語感もまた軽やかな響きだ。

先だってのロケで、農機具工場「イセキ」へ出向いた。トラクターや籾《もみ》の乾燥機などを作っている製造ラインをたどりながら一句という、とんでもない趣向だ。巨大な磁石で吊り上げられた鉄屑が炉の中に落ちてゆくさまや、真っ赤に溶けた鉄が流し込まれる迫力や、大型の溶接ロボットの見事な動きなどを見ながら俳句を作るのだが、この手の場所に連れて来られて一番苦心するのは、季語のあしらい方。完全なる取り合わせ勝負となる屋内の吟行の現場となれば、ア、コリャコリャと踊りたくなるほどの難しさだ。

やっと全工程を撮り終わり、屋外に出たとき、咲き始めた桜の若木が目に飛び込んできた。正面ゲートに続く広場の掲揚台には、春の風にはためく旗。その向こうには、きらきらと淡い光をみたした春の空。

「ああ！　季語ってやっぱりエエなあ」と声に出してつぶやいたら、カメラマンの三好さんが笑い出した。

清明やミドリ十字のはためける　　夏井いつき

善根宿　ぜんこんやど❖三春❖人事

❖遍路のための無料の宿泊所のこと。

「遍路」の副題では、「遍路笠」「遍路杖」「遍路宿」「徒《かち》遍路」「遍路道」などの句はよく見るが、「善根宿」の例句には、あまりお目にかかったことがない。お遍路さんの国・四国に住む私だが、単なる言葉としてこの語に接することはあっても、季語として接することはほとんどなかったように思う。

『大辞典』によると「善根《ぜんこん》」とは「仏語。諸善を生み出す根本となるもの。無貪・無瞋・無痴をいい、これを三善根という。また、善い果報を招くであろう善の業因《ごういん》をいう」とある。ああ、難しいなあ。

三善根の一つ一つの意味を『新字源』でさらに調べてみると、「無《む》貪《とん》」の「貪」は、むさぼるの意。「無《む》瞋《しん》」の「瞋」とは、怒るの意。「無《む》痴《ち》」の「痴」とは、愚かの意。つまり、貪らず・怒らず・愚かならずが、諸善を生み出すと説いているらしい。

この三拍子に逆らうような己の生きざまを振り返ると、すぐにでも我が家を開放し、行き倒れているお遍路さんを抱き起こし、人の世の幸せのために一生を捧げなければならぬなどと突発的に思ったりするが、お遍路バスツアーだの、お遍路専用タクシーだので賑わう札所寺の様子を思えば、下手に「泊まってください」なんて申し出たりしようものなら、逆になにか魂胆があるのではないかと、うさん臭い目で見られそうな昨今の御時世。

ならば、下手にお利口さんなこと考えたりしないで、大バチがあたらない程度に貪り、ときには怒り、ささやかな愚かさを愛嬌として、今までどおり暮らしてたんでもいいかと、すぐに前言をひるがえしてしまうのも、俗人の俗人たる結論。

うーん、こんな皮肉な句しかできないワタクシを、弘法大師さま、お許しください。

善根宿と掲げて支店二号なり　　夏井いつき

摘草

つみくさ❖三春❖人事

❖行楽と実益を兼ねた春の伝統的行事。

子供のころ、祖母がヨモギ餅を作る時期になると、一緒に摘み草に行った。祖母は、なかなかの料理名人で、バスも通ってないようなド田舎の村の婆さんとは思えないハイカラな料理をいきなり出してきたりする人だった。祖母のヨモギ餅は、上品な味がすると定評があったものだから、餅つきの日なんぞは、まるで餅工場ではないかと思うほどの数を作り、近所に配るのが常だった。

そんなわけで、摘んでくるヨモギも大層な量だったものだから、私の子供のころの記憶の「摘草」は、行楽のコの字のイメージもなかった。

業者かと問はるる摘草の袋　夏井いつき

出代

でがわり❖仲春❖人事

※江戸時代から昭和初期まで続いていた奉公の制度で、奉公の期間が明け、使用人が入れ替わることをいう。

副題にある「新参《しんざん》」は新しく奉公に入った者、「古参《こさん》」「居重《いがさ》ね」は出代わりしないで残った者を指す。新参者だとか、古参のナントカという語が、こんなところから来ていたことを初めて知った（この辞典を書き始めてから、初めて知ったことがたくさんある。この程度の知識で辞典に挑むワタシって、なかなか大胆素敵である）。

出代の夫婦別れて来りけり　　夏目漱石

これは一体、どういう状況なのか。う〜ん……複雑だ。

①奉公の明けた夫婦が、別々に挨拶に来た。②奉公の明けた夫婦が、

離婚してやってきた。③他家の奉公が明けた夫婦が、離婚したにもかかわらず、偶然我が家に奉公させてほしいと就職活動にやってきて玄関で鉢合わせした。④出代の制度のごとき契約結婚の期間が切れた夫婦が挨拶に来た？……うーん、さっぱり分からん。

田鼠化して鴽となる

でんそかしてうずらとなる❖晩春❖時候

❖七十二候の一つ。陽暦四月十日から十四日頃にあたる。

「田鼠」はモグラのことらしい。「鴽」は、ウズラに似た鳥らしい。モグラがウズラになってしまいそうな春のうららかな陽気であるよと、中国の某《なにがし》という人が言ってたらしい。

七十二候には、この手の、〇〇が△△になるという発想のものがたくさんある。が、それにしても、モグラがウズラになるとは……と、私は立ち往生してしまう。ウズラのあの地味なくせに小太りしてる小さな体を思うと、その羽をもぎ取って地中に放てば確かにモグラになって、血みどろにガムシャラに土を掘り出すかもしれぬ。が、それを想像しただけでオエッとなってしまう。とてもじゃないが、うららかな気分にはなれない。

と、ここまで書いて、自分の大きな間違いに気づいた。ウズラがモグラになると思うから羽をちぎって……なんて血なまぐさい想像が始まるのじゃ。順序が逆ではないか。おお！　ソウジャ、ソウジャ。

モグラを地中から掘り出し、もぎ取った羽をもう一度くっつけ、ほーら、自由に飛んでいくんだよと空へ放てば、きっと……ドスンと落ちてくるに決まってる。ナムアミダブツ、ナムアミダブツ。

田鼠化して鴽となれてない尻尾　夏井いつき

鳴鳥狩

ないとがり❖仲春❖人事

❖「鷹狩《たかがり》」の一種。

ありゃ？「鷹狩」は冬の季語ではなかったかと調べてみたら、この「鳴鳥狩」が特殊なやり方であることが分かった。宵のうちに、鳥がどこで鳴いているかを調べておいて（つまりその鳴いてたところで夜を明かした可能性が高いわけだから）、翌未明にその場所に鷹を放ち、鳥たちの寝起きを襲うという、勇壮なんだかセコイんだか分からない狩りの方法であるらしい。

私が小さいころ、例の放蕩ジジイの祖父は、鷹まで飼っていた。外玄関の小暗い通路には、祖父の烏賊《いか》釣りの竿だの木を削り彩色した囮《おとり》だのが、至るところに掛けられていた。鷹の檻は、ちょうどその通路の真ん中あたりに据えてあったのだが、鷹の眼が暗がりの中でもぎらぎらして見えるのが、恐ろしくてたまらなかった。

放蕩の報いか、はたまた鷹に襲わせた小鳥たちのウラミツラミか、祖父は、私が小学校高学年の頃に脳軟化症で倒れた。祖父の倒れる前だったか後だったかすら覚えていないが、いつのまにか鷹はいなくなっていた。でも、その檻はずっとそこに置かれていて、からっぽの檻の前を横切るときも、中の暗がりから何かが睨んでいるような気がして、足早に通りすぎるのが常だった。

煙草火のじんじん赤き鳴鳥狩　夏井いつき

鰊群来　にしんくき❖晩春❖動物

❖鰊の大群が押し寄せる様子。

山口誓子の有名な句「唐太の天ぞ垂れたり鰊群来」を知ったとき、下五をなんと読むのか全く分からなかった。「にしんくき」と読み、鰊が産卵のために押し寄せてくる光景であることを知ったのは、何度目かに参加した句会の席のこと。鰊の精液で、あたり一面の海面が白く濁るのだという話を句会の先輩から聞かされ、初めて「天ぞ垂れたり」の中七が何を伝えようとしているかが分かったような気がした。『大歳時記』の解説によると、「春告魚《にしん》、鰊群来、鰊曇《にしんぐもり》、鰊場《にしんば》、鰊御殿などのたくさんの季題が今日は消滅して」とある。蕎麦屋に行けば、鰊蕎麦はいつでも食べられるが、北海道西海岸まで出向いても、こんな句の繁栄はもう見られない。

山城のごとく大門鯑群来　加根兼光

野遊　のあそび❖晩春❖人事

❖春の野に出て、飲食をともにしたり摘み草をしたりして遊ぶこと。

この季語に出くわすたびに、井上靖の『額田女王《ぬかたのおおきみ》』を思い出す。大《おお》海人皇子《あまのおうじ》と中大兄皇子《なかのおおえのおうじ》、二人の皇子に愛された万葉の宮廷歌人・額田王。

「茜《あかね》さす紫野行きしめ野行き野守《のもり》は見ずや君が袖振る」（ああそんな

に袖を振っては野守が見ているかもしれないでしょ）と額田王が詠めば、「紫草《むらさき》のにほへる妹を憎くあらば人妻ゆゑに吾恋《われこ》ひめやも」（紫草の匂うような人妻のあなたをこんなに恋うている僕じゃないか）と謳いあげる大海人皇子。「野遊」という季語には、こんな万葉の時代を彷彿とさせる豊かな時間があふれている。

先日、松山の道後温泉まつりのロケに出向いた。その日は、女神輿《みこし》のかきくらべに先立って、時代村と名付けられたパレードもあった。大国主命《おおくにぬしのみこと》から正岡子規の時代まで、松山にゆかりのあった人物に扮装した人々が、スタンプラリーのチェックポイントを賑わしていた。

聖徳太子さんに手を振ったり、夏目漱石作『坊っちゃん』の登場人物・赤シャツらしきおじさんと世間話をしたりしながら、私たち取材班は、古い遊郭へ続く坂道を上っていた。と、向こうからやってきたのは、お揃いの赤い衣を着けた中年の女性たち。うーん、これは一体誰だろう。さっそくインタビューを始める。

「お二人は、誰に扮してらっしゃるの？」「えーっとね、誰やったかな」と、もう一人に助けを求める。「うーんと、誰やらの侍女なんよ、私ら」「ほら、ガクなんとかよ」「そっ、ガクデンオウ！」「……？？？」

そ、そんなふうに読んじゃあ、まるで明治時代の少年雑誌の人気ヒーローではないか。嗚呼、額田王……。

女王《おおきみ》の沓先野遊に濡るる　夏井いつき

花軍　はないくさ❖晩春❖人事

❖桜の枝で打ち合う遊び。または、桜の木を買い込み、自宅の庭に植え、春にその花ぶりを競い合うこと。

こりゃ、とんでもない季語だ。「桜切る馬鹿、梅切らぬ馬鹿」なんて言葉があるにもかかわらず、桜の枝を切って、その枝のお互いを打ち合って遊ぶなんて、なにごとじゃ!? そんなこととして折られた桜は、翌年、花をつけることができるのか？　第一、その遊びのどこが面白いんじゃ!?

もっと驚いたのは、もう一つの「花軍」の実態。大金をつぎ込んで桜の木を買い込み、自分の庭に植えて、花が咲いたときに自慢し合うなんてのは、悪趣味の極みではないか。『大歳時記』の解説によると「中国唐の時代に行われたものを起源とする」とあるが、ひぇ〜ってな話である。

貧乏人の不道徳と金持ちの環境破壊がタッグマッチを組んだようなこの季語に、生き残る道はありそうもない。

おもはざる火種となりし花軍　　夏井いつき

花衣　はなごろも❖晩春❖人事

❖**桜襲《さくらがさね》の色目《いろめ》の衣。あるいは、花見に行くときの衣装。**

なんでこれが絶滅寸前季語なのだと不思議に思う読者もいるかもしれないが、ところがどっこい、ご自分が花見に行くときの服装を思い起こしていただきたい。たまに、おっ、訪問着着て花見とは！と見ればば、庭園のお茶席でお茶点ててる茶道の先生だったりするのがオチ。「花衣」という季語を守るためには、毎年一度は振袖を着て花見に行くぐらいの気構えが必要なのだ。

花衣脱ぐやまつはる紐いろ〳〵

杉田久女

「花衣」という季語の華やかさをベースに「まつはる紐」という倦怠を含んだ艶っぽさ。さらには「いろいろ」と沿える余韻。「花衣」とはまさにこれだという名句である。

しかし、それにしても「花軍」といい「家桜」といい「花衣」といい、なんという贅沢な季語たちであることよ。絶滅寸前季語保存委員会の活動は佳句を詠んでやるぞという心意気さえあればいい、と信じていたが、どうもそれだけではいけないらしい。花軍をするための桜の枝をトラック一杯分積んできてくれ、家桜を植えるための桜古木・日本庭園・和風建築を提供してくれ、桜の花が咲いてる期間は日替わ

りで着られるぐらいの訪問着を金に糸目をつけず買ってくれるような
パトロンが必要だったのである。

花鳥 はなどり❖三春❖動物

❖桜の花にやってくる鳥のこと。

どうも特定の鳥を指しているのではないらしい。桜に来る鳥ならなんでもいいらしい。

辞典のくせに「~らしい、~らしい」とはなにごとかとお怒りになる読者もいるかもしれないが、信頼かつ愛用してる『大歳時記』でさえ、「芭蕉の『蝙蝠《こうもり》も出よ浮世の華《はな》に鳥』という句から派生した季語であるらしく」という曖昧な言い方しかできないのであるから、本書のごときチンピラがそれ以上のことを断定できるわけがない。

要は、桜に来る鳥のことを詠めばいいのだから、楽勝のように見えるのに、なぜか例句が少ない。少ないどころか、この季語自体を採録している歳時記も圧倒的に少ない。この季語が「花鳥風月」や「花鳥風詠」と直接関係ないことは、『大歳時記』にも書いてあったが、「花鳥」の字面がまさにこれらの四字熟語を想起させ、無言のプレッシャーをかけているのかもしれない。

鬼貫《おにつら》さんみたいに、こんなふうにかろやかに詠めば、俳句ってもっともっとラクに楽しめるようになるんだけどね。

花鳥に何うばはれてこのうつつ　鬼貫

春ごと　はるごと❖晩春❖人事

❖春の祭事の意。

この祭事にもいろいろなタイプがあるらしい。『大辞典』には「二月から四月頃にかけて、餅をついたり野山に行ったりして一日を遊ぶ」とあるし、『大歳時記』は「野山に出たり船遊びをする。悪霊を避ける意があったと思われる」と書いている。

前出の「野遊」「磯遊」や、この「春ごと」と関連があるのかないのかはとんと分からないが、愛媛県には「おなぐさみ」という風習がある。春の一日、一族郎党がお弁当を持って戸外で一日を過ごす行事である。正岡子規さんもこの「おなぐさみ」のことを書いている。これがなんともほのぼのした文章なのだ。ちょっと長くなるが引用してみる。

余の郷里にては時候が暖かになると「おなぐさみ」といふ事をする。これは郊外に出て遊ぶ事で一家一族近所合壁《かっぺき》などの心安き者が互にさそひ合せて少きは三、四人多きは二、三十人もつれ立ちて行くのである。それには先づ各自各家に弁当かまたはその他の食物を用意し、午刻頃より定めの場所に行きて陣取る。その場所は多く川辺の芝生にする。川が近くなければ水を得る事が出来ぬからである。また川辺には適当な空地があるからでもある。そこに毛氈や毛布を敷いて坐り場所とする、敷物が足らぬ時には重箱などを包んである風呂敷をひろげてその上に坐る。石ころの上へ坐って尻が痛かったり、足の甲を茅針《つばな》につつかれたりするのも興がある。(『墨汁一滴』四月十日)

こんな調子の文章が続き、川から水を汲んできてお茶を沸かすさまや、女子供が摘み草や鬼ごっこを始めるさまが生き生きと語られている。

祭事の一つだ、いや悪霊を避けるのだとさまざまな理由づけをしてみても、春の来た喜びにさざ波立つ心が、「春ごと」のような発想を生み出したに違いない。

春ごとのごとごと列車走り出す　飛安ふうせん

雛の使　ひなのつかい❖仲春❖人事

❖**駕籠《かご》に乗せた雛とともに、白酒や餅を配って回った江戸時代の風習。**

これまた贅沢な風習ではないか。昨今は、家の中に雛壇を置くスペースがあるだけでも優雅な話なのに、「駕籠に乗せた内裏雛《だいりびな》とともに、贈り物の白酒、草餅などを釣り台というものに乗せて縁者をまわった」というのだから驚く。さらに『大歳時記』には「釣り台は前後を人が担ぐもので、その上にさらに人形が雛の駕籠を担いで乗っている図が残っている」とも書いてある。

ちょ、ちょっと待って。ということは……この「雛の使」なる行事は一体何人の人員を必要とするのか。まず、「駕籠に乗せた内裏雛」というのだから、この駕籠を担ぐ人が二人。「とともに」とあるのだから、その雛駕籠に付き添って白酒や草餅を配って歩くのが一人。さらに、その白酒・草餅を乗せる「釣り台」なるものは前後を人が担ぐというのだから、ここにも二人。つまり、これを実施するためには最低五人の大人が必要なのだ。これまた、ひぇ〜っと叫びたくなる贅沢さ。
ああ、誰か酔狂な金持ちが、これを再現してくれるならば、私は喜んで俳句を作りに飛んでいくのだがなあ……。

待てども待てども戻らぬ雛の使かな　夏井いつき

風信子　ふうしんし❖初春❖植物

❖「ヒヤシンス」の別名。

『大歳時記』には、「風信子」「夜香蘭《やこうらん》」「錦百合《にしきゆり》」が副題として載っている。こうやって見ていると、植物系季語における和名とのギャップは、なかなか面白い問題だ。
そんななかで、「風信子」という和名は、楚々としたヒヤシンスのイメージをかすかに引き継いでいるように思え、ワタクシ的好感度は高かった。が、自作の一句「遺失物係の窓のヒヤシンス」を「遺失物係の窓の風信子」と置き換えてみたら、風に吹かれて迷子になった妖怪・子泣きジジイが窓口に座ってるような気がして、なんだかガッカリ。

泣き虫のわけを知ってる風信子　　夏井いつき

蕗のじい・蕗のしゅうとめ

ふきのじい・ふきのしゅうとめ❖初春❖植物

❖「蕗《ふき》の薹《とう》」の伸び過ぎたもの。

早春の吟行の楽しみの一つは、春の季語探し。その年初めての「蕗の薹」を見つけたりした日にゃあ、俳句仲間という人種はわあわあ騒ぎ出す。が、しかししかしそれにしても、「蕗の薹」の、あの伸び過ぎて三〇センチほどにもなって、これはひょっとすると蕗の薹ではないかもしれぬと疑われたりするようになった、あの「蕗の薹」のことを、「蕗のじい」だの「蕗のしゅうとめ」だのと呼ぶとは知らなかった。

となれば、彼らにご挨拶句の一つずつも差し上げるのが礼儀というものだが、こんな季語に二句も捧げるなんてアホらしい。一度に一句で済ましてやれと手抜きアイデアに膝を打ったのもつかの間、残りが五音しかないことに気づき、立ち往生しているワタクシである。

蕗のしゅうとめに倒れて蕗のじい　夏井いつき

二日灸　ふつかきゅう❖仲春❖人事

❖陰暦二月二日にすえる灸。効果が倍増すると言われる。

「この日にお灸をすえたら効果倍増でっせ！」なんて言われたら、ホントカイナ？　セールストークちゃうか？　公共広告機構に電話しても困らヘンのか？　と思ってしまうのは、疑り深い私だけだろうか。「この日に○○をやれば、その効果が何倍にもなる」という発想は、季語の世界にもいくつか見られる。そのなかでも代表的なのは、夏の季語「四万六千日《しまんろくせんにち》」ではないか。観世音菩薩の結縁日《けちえんび》・七月十日にお参りすれば、四万六千日分の御利益があるとおっしゃるのだから、観世音菩薩さまも大した度胸だ。

が、が、が、さらにもっとスゴイ「九万九千日」という季語を発見！　なんと、名古屋の大須観音は八月九日に参拝すると、九万九千日分の功徳御利益があると豪語してらっしゃるではないか！　さすがは名古屋人、あくまでもダイナミックである!?
そんなこんなを思えば、「二日灸」なんてのはまだまだ遠慮深い、慎ましやかな季語ではないか。

二日灸僧のはだかはきれいなり　完来

麦踏　むぎふみ❖初春❖人事

❖麦の伸び過ぎや、根浮きを防ぐための作業。

岐阜県大垣市にはここ十年近く、毎年仕事で訪れている。先日訪れた時は、見渡す限りの「麦秋」。熟れ麦の光りに思わず声を上げたほどの美しさだった。

大垣市は松尾芭蕉著『奥の細道』結びの地。芭蕉は八月中旬過ぎに大垣に入り、集まってきた弟子たちと再会する。「蘇生のものにあふがごとく（生き返って会ったかのように）」喜んでもらい労られているうちに、旅の疲れもまだとれない九月六日伊勢の遷宮を拝みたいとまた船に乗るところで、『奥の細道』は終わる。

「歩く」とは前に向かって移動することで、その心は常に前方へ向いているわけだが、「踏む」とはその意識を地に向けること。「麦踏」という行為はまさに、「踏む」という動作の正しい使い方見本みたいな季語である。

芭蕉の生きた時代に「麦踏」という農作業が普及していたのかどうか不勉強にして知らないのだが、昨今はどうなのだろう。一足一足、麦を踏む作業があの広大な麦畑で行われているとは思いがたい。そういえば、小さな手押しのローラーみたいなのや、もうちょっと大きくて人が乗れるヤツとかが、広い麦畑の中を行ったり来たりしているのを見たことがある。あれが現代の「麦踏」作業の光景なのだろうか。

「踏む」というと、「ドジを踏む」「地団駄を踏む」のような例文しか思いつかない我が人生ではあるが、「四股を踏む」ような華々しい（？）転職の道があるわけでもなく、地道に我が道を踏み行くしかない、五十ウン年目の人生である。

麦踏の我が足しみじみと短し　夏井いつき

目貼剝ぐ

めばりはぐ❖仲春❖人事

❖隙間風が入らないように貼った目貼りを、春になって剝がすこと。

季語が絶滅していく要因にはさまざまなものがあるが、建築様式の発達という項目も加えねばなるまい。アルミサッシ隆盛の現代、「隙間風」自体の存在が危うくなっているのであるからして、「目貼」が絶滅する日もそう遠いことではない。

先日、某寺にて句会をした。住職のご厚意で広々とした立派なお座敷を提供していただき、私たちは喜びいさんで句会を始めた。まだまだ春も浅いころで、大きなストーブを三台も焚いてくださっていたのだが、句会が進むにつれ、あっちこっちで上着を着始める姿が見え、果ては、マフラーを首にぐるぐる巻き出す者、ストーブの前に句稿だけ持って移動する者まで出てくる始末。

途中、句会の様子を見にきたご住職が彼らの様子を見て「隙間風だらけの寺で本当に申し訳ない」といたく恐縮なさるものだから、私は思わず「いえいえ、とんでもない。今時、隙間風なんて季語を見事に体験できる場所は滅多にないですから、俳人としてはありがたいことです」と、口走ってしまった。それを聞いた連衆たちが、無責任な大笑いを始めるものだから、私は慌てて話題を変えようと思い立ち、またたこんなことを口走ってしまった。「『目貼張る』だとか、『目貼剝ぐ』なんて時期には、また是非吟行に来て、皆で一緒に作業させていただけたりしたら、またまた面白い句ができるかもしれません」

するとご住職は、苦笑いしながらこうおっしゃった。「この寺に入ったころには、目貼りを貼ったり剝がしたりもしてたんですが、いつぞやの春、勢いよく目貼りを剝がしたら、窓の桟《さん》ごとバリバリバリっと、もぎ取れてしまいまして。こんな調子で、毎年毎年目貼り剝いでたら、そのうちこの寺は壊れるんじゃないかと不安になりまして」

……むむむ、返す言葉もない。

目貼剝ぐ水屋の奥の中将湯　加根兼光

養花天

ようかてん❖晩春❖天文

❖「花曇《はなぐもり》」の副題。

初めてこの季語に出会った時、なんじゃこりゃと思った。冷静に字面を追ってみれば、花を養うような天、桜の咲くころの天、つまり花曇のことなのかなと、たどり着くことはできるが、それにしてもイメージが漢詩風。『大歳時記』には「天明三年（一七八三）刊の季寄せ

『華実年浪草』に、「（中略）半晴半陰、之を花曇と謂《い》ふ、養花天は之に同じ」とあり、以後これを引用している」とある。

「スイートピー」と「麝香連理草」の極端な例（本書・九二頁参照）はともかく、「花曇」と「養花天」の語感の違いをどう使い分けていくかは、当然考えねばならぬ。どっちを使っても大差ないとなれば、「養花天」の生存能力は一気に衰える。この語感だからこそ表現できるキャラを発揮させてやらない限り、副題たちの未来は危うい。

が、だからといって、こんなやり口は姑息ではないのか。

養花天訓点レ点返り点　　徒歩

呼子鳥　よぶこどり❖晩春❖動物

❖人を呼んでいるように鳴いていると感じられる春の鳥の意。具体的にどの鳥を指すのかは不明。

『大歳時記』には、「春の鳥」の項目に続いて「貌鳥《かおどり》・花鳥《はなどり》・呼子鳥」と、正体不明三連発の季語が並んでいる。郭公《かっこう》だ、時鳥《ほととぎす》だ、いやいや違うと、さまざまな鳥の名が取り沙汰されてきたにもかかわらず、ここにきて「呼子鳥」に関する新しい情報を発見。私の脳みそが色めきたった。『大歳時記』には、こう書かれている。

『万葉集』巻十の春の雑歌に貌鳥とともに登場して以来、それがなんの鳥であるかをめぐって郭公、時鳥、筒鳥《つつどり》、鵺《ぬえ》、鶯《うぐいす》、山鳥……さらには猿とするなど諸説入り乱れている謎の鳥。

「〜鳥」とあるのに、なんと猿ですと！　あのキーキー鳴き騒ぐ声を、鳥と勘違いしたということか。ここまで正体不明にして無責任な季語をどう詠めというのか……と途方に暮れていたが、なんとスゴイ例句を発見。其角さん、同感ですワ、全く！

むつかしや猿にしておけ呼子鳥　　其角

龍天に登る　りゅうてんにのぼる❖仲春❖時候

❖架空の動物・龍の存在と、春分のころの季節感とが結びついた季語。これに対して、秋分のころのことを「龍淵《りゅうふち》に潜《ひそ》む」という。

「中国の『説文解字《せつもんかいじ》』に「龍ハ（中略）春分ニシテ天ニ登リ、秋分ニシテ淵ニ潜ム」とある。龍は想像上の動物だが、神聖かつめでたい動物として天子になぞらえ、また水をつかさどるものとして民衆にあがめられた」と、『大歳時記』には書いてある。

私の第一句集『伊月集』には、「龍」と名付けた章がある。賛否両論の試みではあったが、「龍」という文字を使った句だけを二十六句並べてある。深い考えがあっての実験的試みであるかに受け止められたフシがあり、こそばゆい思いをしたが、実はほんの小さなきっかけから生まれた作品群だった。

松山に転勤してきたサラリーマンたちが集っていた「さのじの会」は、月に一度、馴染みの飲み屋で開かれる句会だった。毎回、その夜のトップを獲得した者が、翌月の兼題を出せることになっていた。ちょうどその夜は、進境著しい若手メンバー・悠里こと篠原俊博がトップをとった。他のメンバーたちの「早く題を決めろ、来月こそ見てお れ、もう俺は今から考え始めるんだからサッサと題を言え」との罵声の祝福を受けた彼は、とっさに壁にかかっていた小さな凧飾りを指さしながら、こう答えた。「じゃあ、ここに書いてある『龍』にしときます」
その夜、別に彼のトップ阻止に燃えたわけでもなんでもないのだが、「龍」という語に触発され、俳句がぽろぽろぽろぽろ生まれてきた。

月はいま濡れたる龍の匂ひせり　　夏井いつき
龍を呼ぶための鬼灯鳴らしけり
龍の玉離れに人を住まはせて
革ジャンの背に龍おどる初詣
葛餅は龍の目玉の味したり
夏痩せてをれども龍と名乗りけり
龍の尾といふ干からびしもの涼し

春夏秋冬の季節のなかに、どうやったら「龍」を詠み込めるんだろうと考えるだけで楽しくて楽しくてたまらなかった。

龍天に登った鉛筆が折れた　　夏井いつき

同じような思いを、他人の作品を読むときにも感じる。「龍天に登る」なんてあり得ない季語から、リアルな作品はいくらでも生まれる。作者から発せられた言葉たちは、読者にさまざまな心の波動を伝える。作者にとっても読者にとっても、「龍」がフィクションの生き物であるなんぞは問題にすらなり得ない。作品そのものが、どんなノンフィクションの感動を手渡してくれるか、それが文学にかかわる者の唯一の関心事なのだ。

夏

青挿

あおざし❖初夏❖人事

❖**青麦の穂を炒って、臼《うす》で碾《ひ》いて糸のようによった食べ物。**

神事のあとにこれを食べたらしいのだが、「青麦の穂を臼で碾いて糸のようによった食べ物」と言われても、イメージが摑めない。『大歳時記』の記述に「『枕草子』の中にも出てくる」と書いてあるので、大学のころに使っていた白子福右衛門著『枕草子全釈』(中道館)を引っ張り出す。

三条の宮におはしますころ、五日の菖蒲《さうぶ》の輿《こし》など持てまゐり、薬玉《くすだま》まゐらせなどす。若き人人、御匣殿《みくしげどの》など、薬玉して姫宮・若宮に着けたてまつらせたまふ。いとをかしき薬玉ども、ほかよりまゐらせたるに、青ざしといふもの、持て来たるを、青き薄様《うすやう》をえんなる硯のふたに敷きて、「これ、ませ越しにさぶらふ。」とてまゐらせたれば、

みな人の花や蝶やといそぐ日もわが心をば君ぞ知りける

この紙の端《はし》を引き破らせたまひて書かせたまへる、いとめでたし。

（二二六段・春曙抄本一九五段）

どういう意味じゃと思えば、その横に、いやにさっぱりした要旨が添えてある。

中宮が三条の仮御所在住のころ、端午の節句のお祝いに、人びとは菖蒲の輿、薬玉などを献上した。わたしが青ざしというお菓子を「ませ越しに」といって献上すると、中宮は「わたしのわびしい心を知るのはそなただけだ」という意の歌を賜わった。

うーむ。やっぱりよく分からん。あれこれ書いてある語釈や参考や通解をよくよく読んでみると、どうもこういうことらしい。

問題の「青ざし」とは、「青麦のもやしを煎り、粉にしたものを固め、糸のようにひねって作ったお菓子」であるそうな。その「青ざし」を、清少納言が中宮定子《ちゅうぐうていし》に「これが、ませ越しでございます」と言いながら、青い薄紙を敷いた硯の蓋に入れて献上したというだけの話なのだが、そこは名代の機知女・清少納言。そんな単純なことで済むはずがない。

この「ませ越し」には、①垣根を越えてことをすること、②麦の隠語、といった二つの意味があり、さらには「ませ越し」を使った恋の歌が『万葉集』や『古今集』に収録されているらしく、つまり清少納言の「これ、ませ越しにさぶらふ」という一言にどんな思いがこめられていたかを、大いなる私見を加え一発で説明すると、こんなふうになる。

これは「青ざし」という「よそから到来した」「麦菓子」です。私と中宮さまの「間」には「さまたげるもの」がありますが、私は「古来からの歌にも詠まれていた、ませ越しの立場」ながらも、中宮さまのご境遇にご同情しております、「恋しく」お慕いもうしあげております（……って具合に何重にも仕組まれたメッセージを「青ざし」に託せる私って、なんてエライんでしょ、うっふん）。

最後の「うっふん」は自慢して鼻の穴が膨らんだ様子だと思っていただいていい。別に清少納言を嫌っているわけではない。『枕草子』は大好きで、それがきっかけで大学では中世のゼミを選んだぐらいだから、悪気のかけらもない。が、ついついこんなふうにからかってみたくなるような小さな棘が、彼女の文章の中にはある。だから、好きなんだろうなと思いつつも……、ん？　類は友を呼ぶってか？

青ざしや草餅の穂に出つらん　　芭蕉

汗拭い

あせぬぐい❖三夏❖人事

❖**「ハンカチ」のこと。**

てっきり「ハンカチ」の副題だろうと思って、『大歳時記』を開いてみたら赤紫のでかい文字で「汗拭い」と書いてあって、その下に小さな青紫の文字で「ハンカチーフ・ハンカチ・ハンケチ・汗ふき・

汗手拭」とあるではないか。ここではまだ「汗拭い」が首位に立っているとは吃驚。エライぞ、汗拭い！

どの言葉も同じモノ、つまり「汗を拭うためにつかう布」を指すのに、ここまでイメージが違うとなれば、それぞれの語を詠み分けてみるぐらいのことはやってみたくなるね！……と、自らハードルを上げてしまう発言。自業自得の冷や汗。

教卓に忘れてありし汗拭ひ　夏井いつき

三年一組ハンカチ検査今日も◯

アルマーニらしネクタイもハンケチも

汗ふきのガーゼに老いの臭ひせり

往年の女優のハンカチーフかな

安達太郎　あだちたろう❖三夏❖天文

❖「雲の峰」の副題。積乱雲の異名。

思わず、「どちらの安達太郎さんでしたっけ？」と問い返したくなるような季語である。ほかにも、「坂東《ばんどう》太郎・丹波《たんば》太郎・比古《ひこ》太郎・信濃《しなの》太郎・石見《いわみ》太郎」のお歴々が勢揃いしてらっしゃるのにも驚いた。

昔、山田太郎という歌手がいて、♪ボクのあだなを知ってるかい？

……などと歌っていたが、まるで新聞少年の集団のようなこんな季語たちに幸多かれと祈るしかない。

安達太郎立ちなば石見太郎また
坂東太郎育つよ貧のさらなるよ
夏井いつき

あっぱっぱ　あっぱっぱ❖三夏❖人事

❖「夏服」の副題。

このネーミングは、ほんとうにアッパレだと思う。あのステバチなまでの簡便さと、あのハスッパな作りを、こんなふうにズバリ言えるのは、ただ者ではない。当代のコピーライターが束になってもかなわない、ホンマモンの言業師である。いやはやどんな人が命名したのか、是非会ってみたいものである。

この強烈な名前を季語として使いこなす難しさに尻込みをしていたのだが、こんな一句に出会って思わず膝を打った。

あつぱつぱ正義が勝つたりする映画　　大塚めろ

「正義が勝ったりする映画」は、まさに「あつぱつぱ」的安直なストーリー。微量な毒が一句のスパイス。

雨乞　あまごい❖晩夏❖人事

❖旱魃《かんばつ》による被害を防ぐために、神仏に祈って雨を求めること。

ワタシの住む愛媛県松山市はウン十年前に未曾有の渇水に見舞われた。二十三時間断水などという信じられない事態に陥った街では、飲食店がバタバタ倒産した。水は出ない、トイレが使えないでは手の打ちようがない。水を溜めるための大バケツはあっというまに品切れになり、バケツの代用品として大量の衣装ケースが店頭に積み上げられた光景は異様であった。食器を洗う水を節約するため、皿や茶碗にはラップを敷いてその上に料理を盛り付け、食べ終わったらラップだけを捨てるという知恵が口コミで広がり、スーパーではラップが売れに売れた。

あの大渇水の記憶は松山市民の脳裏に強く刻印され、「雨乞」という季語の切実さは痛々しいばかりだ。

気象衛星からの情報により正確な予報を手に入れられるようになった現代において「雨乞」の儀式を真面目くさってやるなんぞはナンセンス以外の何ものでもないが、雨を降らせるために「祈る」という行為は、農耕生活が始まって以来の歴史の中、ずっと続けられてきた儀式に違いない。

夏

月赤し雨乞踊見に行かん　　正岡子規

真っ赤に乾いた月と、その下で得体の知れない踊りを繰り広げる人々を想像しただけで、「見に行かん」という言葉に誘われ、ついフラフラと立ち上がってしまいそうな言霊のある一句だ。

甘酒屋

あまざけや❖三夏❖人事

❖「甘酒」の副題。

季語の問題が取り沙汰されるときに、よく例に出されるのがこの「甘酒」だ。これが、夏の季語になっていることへの違和感は、かなり大きいらしい。

私なんぞは、お酒は大好きだが、甘酒は大嫌いなので、それがどの季節に属そうがあまり困ることはない。時々、「甘酒が夏だなんて、許せないと思いませんか⁉」と目を三角にして自説を語る人に遭遇し、こっちの目が点になってしまうことがある。好きなときに好きなように詠めばいいではないかと思う私が、いい加減すぎるのだろうか。

遠泳大会のあとの冷えた体を暖めるために飲んだ(嫌だったなあ、あの浜辺で渡された甘酒のドロッとした甘さ)のならば、夏のものとして詠めばいいし、寒い寒い夜の婦人会の集まりに、どうぞどうぞお代わりはいくらでもありますよと言われて飲んだ(嫌だったなあ、あの固まりがまだ溶けてないような甘酒の舌ざわり)のならば、冬のものとして詠めばいい(どっちにしても、私にとっては《詠みたくない季語ベスト3》に入っちゃうんだけどね、ブッブッ……）。

それはともかく、「甘酒」は絶滅寸前季語ではない。が、どう考えても「甘酒屋」は絶滅しているはず。酔狂なベンチャー企業オタクの社長が、倒産覚悟で起業でもしない限り、きっと絶滅したままだと思う。

甘酒屋打出の浜におろしけり　　松瀬青々

こんな甘酒屋の句を知ったのは、正岡子規の『病牀《びょうしょう》六尺』だ。雑誌『宝島』で河東碧梧桐《へきごとう》がこの句を賞賛しているのを不審に思い、問いただし、一夜経ち二夜経ちしていくうちにだんだん自分の考えが変わっていく過程を丁寧にたどる文章は、子規さんらしい率直さにあふれている。これまた長くなるが引用する。

（略）仮にこれを演劇に譬へて見ると今千両役者が甘酒の荷を舁《かつ》いで花道を出て来たといふやうな有様であつて、その主人公はこれからどうするか、その位置さへいまだ定まらずに居る処だ。それが打出の浜におろしけりといふ句でその位置が定まるので、演劇でいふと、本舞台の正面よりやや左手の松の木蔭に荷を据ゑたといふやうな趣になる。それから後の舞台はどう変つて行くか、そんな事はここに論ずる必要はないが、とにかくおろしけりと位置を定めて一歩も動かぬ処が手柄である。もし「おろしけり」の代りに「荷を卸す」といふやうな結句を用ゐたならば、なほ不定の姿があつて少しも落ち着かぬ句となる。また打出の浜といふ語を先に置いて見ると、即ち「打出の浜に荷を卸しけり甘酒屋」といふやうにいふと、打出の浜の一小部分を現はすばかりで折角大きな景色を持って来ただけの妙味はなくなってしまふ。そこで先づ「甘酒屋」と初めに主人公を定め、次に「打出の浜に」とその場所を定め「おろしけり」といふ語でその場所における主人公の位置が定まるので、甘酒屋が大きな打出の浜一面を占領したやうな心持になる。そこが面白い。演劇ならばその甘酒屋に扮した千両役者が舞台全面を占領してしまふたやうな大きな愉快な心持になるのである。(後略)

これだけ説明されると、ほーほーと読み耽《ふけ》り、ほーほーとそれなりに納得してしまうのだが、この句を初めて読んだとき、私は、渡し守のオヤジが作った句だと解釈した。
「あの甘酒屋が打出の浜で降りるというから、降ろしてはやったが、あんな客もいないないようなところに降りて一体どうするつもりなんだろう……」と心配しているのだと思った。その解釈はまるで、成功するはずないベンチャー企業に意気揚々と乗り出していく、脱サラおやじへの応援歌のように、私の心に響いていたのだ。頑張れ、甘酒屋！

甘酒屋にでもなりたき社長かな　　夏井いつき

雨休

あめやすみ❖晩夏❖人事

❖待ち望んでいた雨が降った日には、仕事を休んで祝う農村の風習。

「雨乞」の続編のような季語である。旱《ひでり》の続く毎日や切実な雨乞いの儀式を思えば、やっと雨に恵まれた喜びは、まさに祝うという心境であろう。「雨祝《あめいわい》」「喜雨休《きうやすみ》」「雨降り盆《あめふぼん》」という副題にもまた、その嬉しくもほっとした気分があふれている。

が、しかし、待ち望んだ雨であろうが、長く続いている雨であろうが、雨が降りゃ休むしかないのが農作業ではないのか、と思ったりする私って、根っから皮肉屋なのか。

もう四日目の雨休とはなれり　　夏井いつき

菖蒲の枕　あやめのまくら❖仲夏❖人事

❖**五月五日の端午の夜に、枕の下に菖蒲を敷いて寝た風習。**

『大歳時記』を引いてみると、なんとまた、私のコンコンチキな大間違いが発覚。この程度の知識で、辞典を書いている己の度胸に改めて感服した。

正直に告白するが、自ら吟行派俳人と名乗りながら「杜若《かきつばた》」「アヤメ」「花菖蒲《はなしょうぶ》」「菖蒲《しょうぶ》」「アイリス」「鳶尾草《いちはつ》」の区別がつかない。今日という今日まで、どれも同じようなビロンとした紫色の花を咲かせるんじゃ、区別なんぞできるはずないわいと開き直り、覚えようともしなかった。が、さすがの私も、このなかに著しく姿かたちの違うものが一つだけあることをはっきりと認識した。

「菖蒲」は、「しょうぶ」とも「あやめ」とも読む。つい今しがた『大歳時記』の解説と写真を見て、おお！ あなたが「菖蒲」さんでしたかと、心中叫んでしまったが、「菖蒲」は、例のびろびろした紫色の花ではなく、細いマイクみたいな形の緑黄色の花（これを「肉穂《にくすい》花序《かじょ》」と言うらしい）をつけるのだ。しかも、この剣状の葉っぱには強い芳香があり、これが五月五日・端午の節句を彩る大切なアイテムであるらしい。

こんな形の植物ならば「五、六寸（二〇センチ前後）に切った菖蒲の元と末を紙縒《こより》でしばり蓬《よもぎ》をはさみ、薄紙に包んで枕の下に敷」くという『大歳時記』の説明に合点がいった。

だって、花菖蒲や杜若と同じような花を咲かせると信じていたから、てっきりこの「菖蒲の枕」という季語は、枕を使った巨大押し花のようなものだと思い込んでいたアッパレな私であった。


寝違へてをりし菖蒲の枕かな　　夏井いつき

家蝙蝠

いえこうもり❖三夏❖動物

❖「蝙蝠」の副題。ほかにも「かわほり」「蚊喰鳥《かくいどり》」「菊頭蝙蝠《きくがしら》」「山蝙蝠《やま》」「大蝙蝠《おお》」など。

「家蝙蝠」ってのは、どんな種類でも人家を住処《すみか》にしてるヤツをそう呼ぶのかと思えば、『大辞典』の「あぶらこうもり」の項にはこんな解説が載っていた。

ヒナコウモリ科の哺乳類。体長約四〜五センチメートルで、体色は黒褐色または灰褐色。北海道を除く日本各地に見られ、人家にすみ、夕方から飛び出して小動物を捕食する。一二月〜三月頃まで冬眠する。いえこうもり。あぶらむし。

今は小さなマンション住まいだが、ここに引っ越してくる前は、田圃のど真ん中の農家に住んでいた。夕飯の支度が整い、外で遊んでいる子供たちを呼びに出て行くたびに、見事な春の夕映えと目の前に広がる青麦畑の美しさに感嘆したものだった。エプロンのポケットにはいつも句帖を入れ、すぐに句が記せるようにしていたので、長屋門の前にたたずんで夕焼けが色を失うまで眺めていることもしばしばだった。夕燕《ゆうつばめ》が高く低く飛びかうさまも、まことに見飽きない面白さであった。

そんなある日、まだ幼稚園だった息子が「怪獣を捕まえた」といって騒ぐので見にいったら、なんと小さな蝙蝠。ギイギイと歯を剥いて鳴くさまは、ゲゲゲッとのけぞってしまうほどの迫力。そんなものを飼いたいと騒ぐ息子を説得するために「蝙蝠は、山の中の洞窟に住んでるから、こんなところでは生きていけないよ。遠いお山の洞窟で、この子のお母さんが待ってるから、帰してあげないと可哀想だよ」とお涙ちょうだい路線で迫っていたら、息子があっさりとこう言い放った。

「コイツら遠いお山の洞窟に住んどるんやないよ。うちの納屋《なや》に住んどる。だって、コイツらいっつも仲間と夕方飛び回りよるやろ！」

唖然とした。いつも私が「夕燕」だと信じ、いくつもの俳句に詠んできたあの黒い影は、なんと蝙蝠だったのだ！
現代の住宅事情を思えば、「家蝙蝠」を住まわせてくれる家も、どんどんなくなっていくに違いない。家に住めなくなった「家蝙蝠」たちが、果たして遠くのお山の洞窟で生きていけるかどうかは知らないが、私の幻の夕燕たちに幸多かれと祈るしかない。

切なく小さく家蝙蝠の歯なりけり　　夏井いつき

家清水

いえしみず❖三夏❖地理

❖「清水」の副題。家の庭などに湧く清水のこと。

「家蝙蝠」の項と同じ「家」がらみの季語ではあるが、こっちは一転してまことに優雅。自分の家の庭に清水が湧いているなんて、これまた「家桜」の項に続く贅沢さである。「桜」を詠んだ句はゴマンとあるのに「家桜」は圧倒的に少なかったのと同じく、「清水」にはさまざまな例句があるが「家清水」となると見つからない。

現物を見ないと俳句が作れないわけではないし、題詠から生まれる佳句もたくさんあるのだが、「家桜」にしても「家清水」にしても、滅多に目にしない分だけその題材に思い至ることが少ないのだろう。
そういえば、かっての愛読書『赤毛のアン』の主人公・アンが、ギルバートと結婚し自分の家を持つときに、庭の中を小川が流れているところが気に入ってその家に決めるというくだりがあった。いつかそんな家に私も住んでみたいという憧れもまた、ささやかな心の贅沢であったなあと、懐かしく思い出したりもする。

家清水のみがのこりし庄屋かな　　夏井いつき

泉殿　いずみどの❖三夏❖人事

❖庭園内の池に臨んで作られた、納涼のための壁のない建物。

贅沢な季語がぞくぞくと続くなあ。
副題にある「釣殿」は、吊り下げるような構造の建物かと思えば、文字通り釣りをするための建物だというのだから驚いた。似たような季語で「滝殿」というのもあるが、こちらは滝を楽しむための建物。釣りをするときはこの建物、涼気を求めるときはあっちの建物なんて発想がすでに庶民のものではない。

しろがねの器ならべつ泉殿　松瀬青々

が、用途別の建物をたくさん所有することを想像すると、「固定資産税かかるな」とか「掃除大変やな」なんて思ってしまうのが、庶民のカナシイ発想だ。

おまへなら譲つてやらう泉殿　酒洛

糸取　いとり❖仲夏❖人事

❖熱湯で煮た繭《まゆ》から、生糸を糸巻き器に捲き取っていく作業。副題には「糸引」「糸取女」「糸引女」「糸引歌」「糸取鍋」「糸取車」などがある。

『夏井いつきのぶらっと季語の旅』のロケで、この「糸取」の現場に出向いたことがある。ぷかぷかと湯に浮いている繭から、どんな具合に糸が取れるのか、見ているだけではとんと分からないが、細い細い生糸がころころころころ回りながら糸取車に捲き取られていくさまは、いつまで見ていても飽きないように思えた。糸を取られてしまった蚕のしなびた死骸と、今しがた糸を取られ始めた繭の白さとの対照に、じっと見入ったりもした。

存分に詠んだ……というよりもじっと見つめ続けることに疲れ、そっとその場から離れた。カメラマンの三好さんは、まだ何かに執着しているらしく、その場を動こうとしなかった。そのカメラの視線が、何を映してるのか皆目見当がつかなかった。ディレクターの山中さんも私も、ずいぶん退屈してきたころ、彼は何事もなかったかのように、カメラを抱えて戻ってきた。

数日後、編集上がりのVTRを見せてもらったとき、彼が何に固執していたかが、初めて分かった。「夏井さんは言葉で俳句を作ってるけど、僕は映像で俳句を作ってるんです」と語る彼が、この日私に見せてくれたのは、見事な俳句であった。

画面には、一本の糸だけが映っていた。その一本の生糸が、まるでこの世界の中心にあるかのように、緊迫した光を放っていた。その他のものはすべて、ぼんやりとした背景の中でせわしなく動いているようだった。それはまるで、繭の内側から外の世界を感じているかのような曖昧な光景であり、逆に一本の生糸はその全存在を賭けて光っているかのように見えた。

糸取りの糸に光の震へたる　　夏井いつき

じっと息をひそめ、一本の光をとらえようとする映像俳人の横顔までもが見えてくるような、見事な画面であった。

妹背鳥　いもせどり❖三夏❖動物

❖**「時鳥《ほととぎす》」の異名。**

「谺《こだま》して山ほとゝぎすほしいまゝ」（杉田久女）を挙げるまでもなく、「時鳥」の名句はたくさんある。が、この「妹背鳥」というのは聞いたことがない。

『大辞典』のあちこちを調べ総合してみると、「妹背鳥」の「妹背」とは主に相思相愛の男女のことを指し、時鳥が相手を恋い慕って鳴くとされていたことから、「妹背鳥」という異名がついたらしい。宮中の女房詞《にようぼうことば》であったとも書いてある。

喉から血を吐くほど相手を恋うという熱愛ぶりが異名「妹背鳥」であり、やがては夫婦として暖かい家庭を築き、子供たちもたくさん巣立って……ん？　ちょっと待てよ。ひょっとするとホトトギスって、托卵《たくらん》するんじゃなかったかなあ？　急いで部屋の隅っこに積んであった本の山のなかから『日本の野鳥』（山と渓谷社）を捜し出す。

托卵性を持ち、主な相手はウグイスである。生息環境もウグイスと一致し、低地から山地のササやぶのある林に棲息する。単独で行動することが多く、主に樹上で昆虫類を捕らえる。他の鳥類と比較して、毛虫をよく食べる。（略）メスは、鳥の巣から一卵をくわえとり、ウグイスによく似たチョコレート色の卵を生み込む。卵は仮親が抱卵を始めてから10〜13日で孵化する。

やはりそうだった。ホトトギスは、ウグイスの巣からその卵を一つくわえ落とし、代わりに自分の卵を生み込んで、子育てをウグイスに押し付けるという不届きな鳥なのだ。解説の横には、大きな写真まで添えられていて、仮親にされてしまったウグイスが自分よりはるかにデカイ顔をしたホトトギスの雛に餌を与えている姿が、はっきりと映っている。雛のデカイ口のなかに、我が身を入れるようにして餌をやるウグイスの健気な瞳を見ていると、ホトトギスの雛の傲慢な口の開け方が小憎らしくなる。

が、「妹背鳥」が宮中の女房詞であることを思えば、生んだ子供を乳母に託し、なおも自分は帝の寵愛を競わねばならなかった宿命と、重なってこないでもない。そう思うと、雛のあの強欲にデカイ口が、なにやら哀れにも見えてくる。

口裂けるほどに口開く妹背鳥　竹酔

【追記】『大歳時記』の秋の部にも「妹背鳥」がいることを発見！　こちらは「石たたき」とも呼ばれる「鶺鴒《せきれい》」のことであるらしい。相手を慕って鳴くのは、ホトトギスだけではないと言われれば、まことにその通りだが、セキレイの黒と白の小さな体や、いつも尾を上下に動かしながら跳ねてゆく仕草を思えば、こちらの恋はいたって爽やかなそれに思える。

浮いて来い

うゐてこい❖三夏❖人事

※「浮人形《うきにんぎょう》」の副題。入浴や行水のときの、子供の玩具。

保育所に通っていたころ、夏になると決まって母が、朝、金盥《かなだらい》に水を張り、ビニールシートをかぶせてくれていた。午後、保育所から戻った私と妹は、一目散に中庭の金盥に直行し、水遊びを楽しんだものだった。

妹はいつも、裸のまんま自分の玩具箱まで何度も往復し、ジョウロや金魚のおもちゃやビニール製の双子の人形などを、狭い盥の中に浮かべたがった。子供らしくなく人形が嫌いだった……というよりも、人形が怖くてたまらなかった私は、そんな妹の行動が理解しがたかった。

妹が特に好んで行水の友としていたキューピーがいた。どこにでもある小さなキューピーだったが、私は、その不自然な頭のとんがり具合や、目の中にある青いソバカスのような点や、妙に膨らんだ腹などが、気味悪くてたまらなかった。

ある日、妹が盥の中で転び、顎を打って泣き出したことがあった。母が泣き叫ぶ妹を引き上げていなくなったあと、私はキューピーとともに盥の中に取り残された。腹をぷくんと出して浮いている様が異様に見えた。意地悪な気持ちで、その腹を盥の底に押し付けてグリグリしてやったら、次の瞬間、キューピーがひっくり返って、くるっと浮き上がった。ぺちゃぺちゃと水に揺れながら薄ら笑いを浮かべている目尻が、いつも以上に怖くて、慌てて母と妹の後を追った。

浮いて来いだけが浮かんでゐる盥　　夏井いつき

丑湯

うしゆ❖晩夏❖人事

❖**土用の丑《うし》の日に入る風呂のこと。体によいとされる。**

土用の時期に、○○○をしたら体にいいとされるものは、あれこれあったようだ。「土用灸《きゆう》」「土用餅」の風習が、今も生き残っている地域があるが、最もポピュラーに生き残ったのが「土用鰻《うなぎ》」だろう。

この手の季語は、商業ベースに乗ったら絶対の強みをみせる。いつもはちょっと高価な鰻だけど、今日は土用の丑の日だから思い切って買っちゃおうかなと主婦に思わせてしまうのは、やはり商売人の知恵。これなんかは、経済界が救う絶滅寸前季語！ってことになる。

この調子で、銭湯組合もちょっと考えてみてはどうだろう。菖蒲湯や柚子《ゆず》湯のサービスが、新聞の地方面をささやかに飾ることがあるが、「今日は丑湯！」なんて見出しが紙面を賑わすことも可能ではないか。

虎造の声色渡る丑湯かな　　酒洛

とは思ったものの、菖蒲湯や柚子湯ならば現物がぷかぷか浮いてるから、触ったり匂ったりするだけで今日は特別な風呂なんだと思えるが、「丑の日に入る風呂は疲れがとれます」と言われても、いつもの風呂と変わりゃあしないじゃないかとクレームをつけられたらオシマイだ。これぞ丑湯の付加価値というものを考案して売り出さなくては、この季語もこのまま沈没していくしかない。

これはなかなかの難問である。新しい経営戦略を念頭に置いた場合、このネーミングがすでに問題。「今日は丑湯！」なんて風呂屋の番台に貼ってあったりした日にゃあ、人間サマは入れないのかと勘違いする客が十人に八人はいるに違いないない??

名馬逝く話の尽きぬ丑湯かな　酒洛

卯月八日

うづきようか❖初夏❖人事

❖山の神の祭日。信仰上の山開き。

『大歳時記』によると「田の神として里に降りていた山の神が、四月八日に山に帰るという言い伝えから、山の神の祭日とされる」とある。

よくラジオのパーソナリティーが話の枕に、「今日は○○記念日です」なんてことを言ってるのを耳にする。「〇月〇日は納豆の日」とか「今日は鼻の日」という、その決定はどこのどなたさんがやっているのだろうか。それぞれが勝手に言い出しているだけなのだろうか。「八月十五日」の終戦記念日、「十二月八日」の開戦記念日、「四月一日」の萬愚節など月日にまつわる季語は他にもあるが、どれも生臭かったり、キナ臭かったり。それに比べると「卯月八日」の成り立ちは民話的。「里に降りていた山の神が山へ帰る」という言い伝えが、そのまま宮崎駿映画にでもなりそうな、季語の持つ奥行きに惹かれる。

夏

大空のひらけて卯月八日かな　　夏井いつき

瓜番　うりばん❖晩夏❖人事

◈胡瓜《きゅうり》、西瓜《すいか》などが盗まれないように、畑に作った番小屋で番をすること。あるいは、その番をする人のこと。

副題に「瓜小屋《うりごや》」「瓜番小屋《うりばんごや》」「瓜守《うりもり》」「瓜盗人《うりぬすっと》」があるが、すぐに思い出すのが、有名なこの一句。

先生が瓜盗人でおはせしか　　高濱虚子

捕らえてみれば、我が子ならぬ我が師ともなれば、この後の展開はどうなるのか。思わず、くすりと笑ってしまう俳諧味は、さすが虚子さんの一句である。

婦女暴行だ、ストーカーだ、公金横領だと、センセイと名のつく方々の犯罪は後を絶たない。また教員が、また政治家がと取り沙汰されるたびに、やれやれと暗い気持ちになる。「瓜」なら盗んでいいとは言わないが、俳句にすらならないようなことをやってしまってはお仕舞いだ。「先生が暴行犯でおはせしか」では、救いようがない。きちんと己の罪を償ったころには、学校にも庁舎にも議会にも自分の居場所はなくなっているだろうから、ここは瓜番でもしながら、古き佳き時代の文学に身を委ねつつ、更生の道を探るしかないだろう。

瓜番の七言絶句朗々たり　尾越二秋

衣紋竹　えもんだけ❖三夏❖人事

❖竹製あるいは木製の着物用のハンガー。

ラジオ番組『夏井いつきの一句一遊』では毎週兼題が一つ出されるのだが、俳句初心者のリスナーにとっては、耳で聞いただけでその季語を理解するのはなかなかキビシイらしい。とんでもない誤解に満ちた投句が送られてくることもある。

先だって「虎が雨」（本書・三〇九頁参照）で募集した時は、「負け続ける阪神タイガースの涙が雨になったという季語でしょうか」とか「たぶん虎屋の飴かとは思いますが、これが季語になるとは知りませんでした」等というお便りが添えられた投句がわんさか届いた。もし「衣紋竹」を兼題として出したら、このモノを知らない人は何だと思うだろう。「梅雨頃に生えてくる茸ですか」とか「鹿児島県の山の名前ですか」なんてお便りが来るのかもしれない。

衣紋竹はて贈られてみたものの　　小林いいさ

起し絵　おこしえ❖三夏❖人事

◈「立版古《たてばんこ》」の副題。「組上《くみあげ》」「組立灯籠《くみたてとうろう》」ともいう。物語の場面を厚紙で切り抜き、枠の中に立てたもので、蠟燭《ろうそく》や豆電球を灯して楽しんだ。

『大歳時記』には「物語の一場面や名勝の景などを厚紙に切りぬき、芝居の舞台のように框《わく》の中に立てたもの。夏、夕涼みの頃蠟燭や豆電球を点して見せた。室町時代には御所や京都の寺で作られたが、江戸時代には一般庶民が作るようになり、店先や縁側に置いて楽しんだ」と丁寧な解説があるが、これを読んでも今ひとつピンとこない。

立版古抜いた刀の鞘がなく　中村阿昼
起し絵の雪の汚れてゐたりけり　石川さくら

現物を見たことがない、想像の世界で詠むしかない季語だからこそ、具体的な一品をさりげなく入れてみることは、絶滅寸前季語を扱うときの重要なポイント。季語自身にリアリティーがない分、読み手の想像力が動き出しやすいような、アルアル感を演出できる何かを配するのがコツ。

そういう意味において、この二句などは「鞘《さや》」のなくなった「刀」、「雪」を表す部分が汚れてしまっている白い紙、といった小物づかいが巧みだ。

さらに、一読しただけで、その「起し絵」の図柄のみならず、登場人物の姿かたちや着ている物や帽子までもがありありと見えてきた、こんな一句に遭遇。

起し絵のブーフーウーのウーの家　　重松　隆

この「ウーの家」の存在の確かさにはやられてしまった。藁《わら》でできたブーの家が吹き飛ばされ、板で作ったフーの家が壊される場面も、この「起し絵」の横には並んでいるんだろうなと、そんなことまで想像できるところが、この一句の強み。いやはや、笑わせていただいた。

瘧

おこり❖三夏❖人事

※熱帯地方に多い風土病。「マラリア」のこと。

「マラリア」という病名は聞いたことはあるが、今の日本において、身近な病名でないことだけは確かだ。『大歳時記』によると「マラリア原虫がハマダラ蚊の媒介により体内で繁殖し、間歇的に発熱する伝染病」とある。読んだだけで、なにやらおそろしげである。

よくテレビの時代劇なんかで、病気で死にそうになってる殿様が紫色のハチマキを締めてたり、病間の隣で僧が念仏を唱えてたりするのを見る。寒気とふるえのあとに、高熱がくるというこの病気にかかった人たちは、あのオマヌケな鉢巻きや念仏やで運を天にまかせるしかなかったのだろうか。それらしい治療は何一つしてもらえず、じっと天井を見つめているしかなかったのだろうか。ああ〜、そんなんで死ぬのは嫌じゃ。薬らしいものを煎じてくれるとか、熱を下げる工夫をしてくれるとか、何かやってもらわないと死んでも死にきれない。

試みに『大辞典』を引いてみたら、「瘧を落とす」という項目を発見。おお！　やっぱり民間療法があるにはあったんじゃと、読み始めた。

おこりを治す。石の苔や竜胆の花を煎じて飲むか、草履か草鞋をはいて参拝し、脱いで五輪塔にかけてくるとか、治れば解いてあげますといって地蔵を縄でしばるなど、呪術的な治療伝承が多い。目が点になった。石の苔《こけ》や竜胆《リンドウ》の花にどんな効果があるのか分からないが、まあこれぐらいは飲んでもよかろう。だが、そのあとは正気の沙汰ではない。寒気と高熱に苛《さいな》まれている体にムチ打ち、草履《ぞうり》はいて参拝せよだとォ？　しかも縄まで持ってって地蔵様を縛り上げてこいだとォ？　そんなことするぐらいなら、紫色のハチマキを三本締めて布団に転がってた方が、三倍いいに決まってる。

瘧残る体おろおろ空青し　　夏井いつき

男滝・女滝

おだき・めだき❖三夏❖地理

❖「滝」の副題。

『大歳時記』によると、「滝」が季語として認定されたのは明治以降だという。では、問題の「男滝」「女滝」とは何かと言えば、こんな解説が付されている。

滝の中でも水量が殊に多く、勢いのよい音を立てて落ちている滝と、水量はそんなに多くなくて、優美な姿で流れ落ちている滝が、程近い距離にあるときは男滝女滝と呼び、併せて夫婦滝と呼んでいる。

「滝」という季語が絶滅するとは思えないが、この記述にクレームがつく日は来るかもしれない。ジェンダー・フリー（注①）だ、エンパワーメント（注②）だとの声が高らかに上がっている昨今、学校でも上靴のラインが男の子は青、女の子は赤になってるのは変だとか、出席簿が男女分かれた番号になってるのはダメだとか、さまざまな指摘が上がっている。

かつて、大阪の太田知事が女性として初めて土俵に立って表彰状を渡すかどうかの話題が新聞を賑わしたことがあった。相撲界もまた、ジェンダー・フリーの台風圏内に入った。男女共同参画社会実現のためには、俳句界も心してかかりなさいというお達しが、来ないとも限らないではないか。

「男滝」は男滝らしく、「女滝」もまたそのように、季語がしっかりと座って動かない句を作れというのが俳句の定石。が、ここに至って、その逆の詠み方をせねば季語が生き残れないとなれば……うーむ、これは難問中の難問である。

男滝らしからぬが女滝とも見えず　夏井いつき

注①　ジェンダー・フリー「固定的な男らしさや女らしさに基づく伝統的な男女観に縛られないだけでなく、まず個人の人格や個性を尊重し、その個性の一部として性別をとらえることをいう」

注②　エンパワーメント「『女性が力をつけること』をいう。女性の可能性を十分に開花させ、多様な選択を可能にするためには、社会的・経済的・政治的な政策決定過程のさまざまな場に十分に関わっていく力をつけることが重要といわれる」(『男女共同参画学習ガイドブック』改訂版より)

温風

おんぷう❖晩夏❖天文

❖**南太平洋高気圧から吹き出す、暖かく湿った風。**

風を表す季語は、春夏秋冬、それはそれはたくさんある。夏を例にとってみても、『大歳時記』には「夏の風・南風《みなみ》・はえ・まじ・

くだり・あいの風・やませ・だし・いなさ・黒南風《くろはえ》・白南風《しろはえ》・ながし・茅花《つばな》流し・筍《たけのこ》流し・麦《むぎ》の秋風《あきかぜ》・土用あい・土用東風《こち》・青嵐《あおあらし》・薫《くん》風《ぷう》・熱風《ねっぷう》・涼風《すずかぜ》」等の季語がずらりと並んでいる。そのなかで、たった一つ、例句がついてなかったのが、この季語だ。

うーむ、さもありなんである。「温風」なんて言われたら、エアコンの表示かと思うのが関の山。これだけ世間に出回っている言葉でありながら、これだけ季語として無視されている語はほかにない。

が、しかし、この季語は由緒正しい七十二候の一つであって、「小《しょう》暑《しょ》」の初候（七月七日頃〜十一日頃）に「温風至る」と堂々とノミネートされているのであるから、いやはや、参った。これを如何様に詠めば、エアコンの解説書の一行だと間違えられなくてすむか、これまた難問中の難問である。

温風にわらわら吹かれ僧の群　　夏井いつき

霍乱　かくらん❖晩夏❖人事

❖**暑気中《しょきあた》り、食中毒によって起こる、吐いたり下したりする症状の総称。**

『大歳時記』によると「江戸時代、漢方で用いられた病名（略）。コレラやチフス、細菌性の食中毒も含まれていただろうが、現在では飲食物が原因で、激しい嘔吐や下痢を伴う急性胃腸カタルのことである」とのこと。ほーほーナルホドと思いながら、ついでに『大辞典』も引いてみる。「暑気あたりによって起きる諸病の総称。現在では普通、日射病を指すが、古くは、多く、吐いたりくだしたりする症状のものをいう。今日の急性腸カタルなどの類をいったか」とあるぞ？？？

おいおい、私の信頼と愛情を一身に集めてきた『大歳時記』と『大辞典』よ。こんなところで、違った見解なんて出さないでくれ。困惑しながらも冷静に読み比べてみると、どちらもが使っている「現在では」の一言が問題のようである。

『日本国語大辞典全二十巻』は、教員時代最初のボーナスをはたいて買ったもの。かたや『カラー版新日本大歳時記全五巻』は、昨年、待望の改訂版が出たということで、すぐに注文した新品のお品。どちらの記述も正しいとすれば、江戸時代には（原因はともかく）吐いたり下したりするものすべてが「霍乱」であったが、昭和五十五年頃（つまり私が『大辞典』を買ったころ）には「霍乱」は日射病であった。が、平成も十年を過ぎるあたりになると、急性胃腸カタルが主流を占め、今に至るということか。

そんな正体すら確定できない季語をどう詠めというのか？と困惑しつつ例句を探せば、さすが大虚子、こんな手があったかと口あんぐりの一句。

霍乱にかゝらんかと思ひつつ歩く　　高濱虚子

掛香　かけこう❖三夏❖人事

❖「匂袋《においぶくろ》」のこと。麝香《じゃこう》や丁字《ちょうじ》などの香料を絹の袋に入れて、その香りを楽しんだ。

夏の暑さや汗や邪気（人の身に病気を起こすと信じられた悪い気）を払うための、匂い系の季語として、ほかに「香水」や「薫衣香《くのえこう》」（邪気を払うために用いる薫物《たきもの》で、衣服を薫《かお》らせる）がある。

掛香をきのふわすれぬ妹がもと　蕪村

「掛香」が匂袋だと分かったとして、この句はさてどういう意味なんだ？

「妹」とは、文字通り姉妹の「妹」を意味する他に、男性が女性のことをいう（妻や恋人を指す）場合と、女同士の親しい呼び名として使われる場合がある。となると、一体この句はどう読めばよいのか。

「匂袋を昨夜の逢瀬の時に、あなたの元に忘れてきたことを思い出しました」と語っているのか、はたまた「あんたんとこに忘れたんじゃないかと思うんだけど、あれアタシのだからね、自分のものみたいな顔して使わないでねッ！」って言ってんのか？　ますます謎の深まる夏の夜である。

嘉定喰　かじょうぐい❖晩夏❖人事

❖菓子か餅を神に供えてから、食べるという、疫病を払うための行事。

陰暦六月十六日に行われていたというこの行事、『大歳時記』の解説によると「(略)そのときの菓子や餅の数は十六個であるため、のちには銭十六文で買って食べるようになった。室町末期からの風習とされ、名称は嘉祥《かしよう》元年(八四八)の年号によるとも、室町時代に用いられた宋銭の嘉定通宝によるともいうが定かではない。江戸時代には宮中や幕府のみならず、民間においても広く行われた」とある。

おお！　これこそ、全国菓子組合(そんなのがあるのかどうかは知らないが）に是非取り上げていただきたい季語ではないか。六月十六日の餅十六個なんて発想には、すでに商売っ気がたっぷり見え隠れしている。デカイ餅では、ダイエットママたちから見向きもされないに決まっているから、売り出す商品は、小さな小さな親指姫みたいな餅十六個。それを古きよき時代の薫りをたたえた洒落たディスプレーにして、そーね、和風のエッセンスを入れた特大のピルケースってイメージでしょうかねぇ??

うーむ、こうやって見ていくと、経済界ってのは絶滅寸前季語たちにとっての救世主かもしれない。『俳句における経済効果の研究』なんて論文でも書けそうな気がしてくるではないか。

水無月のもちを過ごすや嘉祥食　　貞盛

脚気　かっけ❖三夏❖人事

◈ビタミンB1の欠乏症から起こる病気。脚のむくみ、手足や口元のしびれなどの症状。

小学校に入ってすぐの、内科検診での出来事。当時バスも通ってなかった海辺の村の小さな小学校だったので、内科検診と称して町からお医者さんが来るというだけで、皆、一様に緊張していた。使わなくなった教室を半分に仕切って造られた保健室で、白衣の看護婦さんが何かの準備をしている様子を覗いては、「コワイね、注射するんかな」とひそひそ言い合っていた。一人一人、保健室の中に呼ばれ、先生に手伝ってもらいながら上半身裸になり、自分の順番を待った。

聴診器が胸にあたったときの冷たさや、目の下を指で押し下げるようにして覗かれるときの違和感などが、いちいち体に刻印されるような心地がしたが、その最後になって「もう一回きちんと座って」と看護婦さんにうながされた。うなずいて座り直してみると、目の前のお医者さんが手にしているのは、村祭りのときに来る飴屋のオジサンが持っているような小さな金づち。あれっと思う暇もなく、その金づちは私の臑《すね》に振り下ろされた。アアッ！　と思うまもなく、ぶらんと垂れていた私の脚は、私の意志とは無関係にピョコ〜ンと跳ね上がった。ああああ〜⁉　と思ってる間に、「はい、いいですよ」と、初めての内科検診は終わった。

教室に戻ってみると、皆が騒いでいた。友達のハルさんが、「私、あんなに脚が撥《は》ねたけん、病気かもしれん」と言い出した。俺もはねた、私も病気かもしれんと皆がまた騒ぎ出した。すると、トヨ君がうれしそうに「ワシは何もはねんかった」と言い出した。子供心に目立ちたくて言ってみただけだったのか、ほんとに脚気だったのか、真相は分からないが、脚気という言葉に出会うたびに、トヨ君のあの見事な青っ鼻を懐かしく思い出す。

あなどりて四百四病の脚気病む

松本たかし

蚊取線香　かとりせんこう❖三夏❖人事

❖「蚊遣火《かやりび》」の副題。蚊を追うために焚く火。

「蚊取線香」どころか、電気蚊取り全盛の世の中ともなれば、「蚊遣火」だの「蚊《か》いぶし」だのと、実際にものを焚いて燻《くす》べているのを見ることはほとんどなくなってきた。

旅寝して香わろきくさの蚊遣哉　去来

蚊いぶしもなぐさみになるひとり哉　一茶

我が家にも電気蚊取器はあって、家族はもっぱらそちらを愛用しているが、私は火のついている蚊取線香の方が贔屓《ひいき》。朝起きてみると煙がどこにも逃げられなくてモウモウと立ち込めたままだったり、髪の毛に匂いがついていて閉口することもあるが、あの香りと煙があってこその、蚊遣りの実感ってものだ。

いずれそんな蚊取線香も滅ぶ日がくるだろうという感慨を、いろんな人が同じように持ちながらも、時代は容赦なく進んでいく。

消防団詰所の蚊取線香ぞ　夏井いつき

髪洗う　かみあらう❖三夏❖人事

❖汗をかきやすい夏場の季語として、髪を洗うさまや洗い髪の爽やかな気分などが詠まれる。

朝シャンなどという言葉が出回るようになった昨今、「髪洗う」という行為のニュアンスも随分変わってきた。

山川にひとり髪洗ふ神ぞ知る

高濱虚子

題詠で詠んだというこの句。「髪」と「神」とをかけてあるあたりがどうしようもなくツマラナイと思うのだが、誰ひとりいない山川のほとりで、肌脱《はだぬ》ぎになって髪を洗っている女の姿を思えば、確かにこれもある時代における「髪洗う」の現場であるなあと思う。

毎晩風呂に入れる贅沢になれきった身にとって、いくら夏とはいえ、山川のメチャクチャ冷たい水で、きっとシャンプーもリンスもなく濯ぐだけの「髪洗う」行為は、思わず腰が引けてしまいそうになる。

蚊帳

かや❖三夏❖人事

❖蚊を防ぐための寝具。

「蚊帳が欲しい」としょっちゅう言ってた友達がいて、なんと風流な人だと思っていたら、古い蚊帳で縫ったというコートを着て現れたのには驚いた。薄緑の爽やかな色合いと素朴な手触りがなんとも素敵なコートに仕上がっていて、服飾界ではこんなふうに絶滅寸前季語と付き合ってくださるのかと感心した。

我が絶滅委もこの季語に果敢に挑んだが、中途半端に知ってるこの手の季語は、やってみると案外やっかいなシロモノであった。

深海の魚とならん蚊帳のなか　だりあ

泣き顔を処理してをりぬ蚊帳の中　河野けいこ

「蚊帳」のあの青緑の色合いから「海」を連想した作品。蚊帳の中に出現する不思議な空間を海だと感じるのが、詩人の心。

青蚊帳に捕らへられたる夜のありて　中村阿昼

「捕らへられたる夜」は思わせぶりが強すぎるとも思うが、母が子に、父が母に、女が男に、人が妖怪に……あるいはその逆に、という具合に想像を広げていくことはできる。この一句の「青蚊帳」は、異次元の空間のようにひたひたと冷たくそこにある。

青蚊帳や兄がもどりてくるといふ　尾越二秋

「青蚊帳」と「兄」との取り合わせは目新しいものではないが、はっきりと「や」で切っての取り合わせにするには、結構難物の季語。戦争から戻ってくる兄、結核にかかった文学青年の兄、フーテンの寅さんのような兄、故郷に錦をかざる兄、リストラにかかった失意の兄……そんなたくさんの兄のイメージを、「青蚊帳」という郷愁の季語が、やさしく包み込んでくれる。

絶滅委メンバーの詠んだ句の中には、「いつまでも泣く子」やら「子守歌をうたう母」やらが登場してくるものがいくつもあった。確かに子供のころには我が家にも吊ってあったなあという記憶が、こんな場面なら「有りそう」という安易な発想を生み出しているようだ。「有りそう」という発想と、私が「アルアル感」と呼んでいる臨場感とは、全く違ったものだ。「有りそう」は、予定調和からくるマイナス要素の方が圧倒的に多い。絶滅寸前季語保存運動の落とし穴は、その予定調和が設定しやすい絶滅度の低い季語の扱いにあるのかもしれない。

川止め

かわどめ❖晩夏❖人事

❖河川が増水したとき、渡ることを禁じたこと。

これはまた水戸黄門の世界であるなあ。「スケさん、カクさん、これでは渡れませんなあ、うわっはっはっはあ」と、何代目かの黄門さんの笑顔が大写しに見えてくるような季語だ。『大歳時記』にはこんな出典が記してあった。

桃鏡編『芭蕉翁真跡集』に「五月の雨かぜしきりにおちて、大井がは水出侍りければ、しまだにとゞめられて、如舟・如竹などいふ人のもとにありて」と詞書し、〈さみだれの空吹おとせ大井川〉がある。

このときの芭蕉翁の「とゞめられて」という気持ちを現代に当てては

めてみると、飛行機が欠航してしまうみたいな感覚か。心は焦るがどうしようもなく、しようがないからその日の宿の手配に走ったり、他のルートはないかとJRや船の時刻表を調べたり。

止められる焦燥感というのは、江戸時代も現代も変わらないだろうが、昔ならば腹をくくって水が引くのを待つか、死ぬのを覚悟で泳ぎ切るか、二つに一つの選択だから、まだ話は分かりやすい。

飛行機というシロモノは、行けるかもしれないからやってみますと思い切って飛んでくれることがある。そのお気持ちは誠にありがたいが、目的地に着陸できそうもないので別の空港に降りますなんて言い出したりもするから始末が悪い。

以前、「松山空港に着陸できない場合は、羽田空港に引き返すこともあります」と断られつつも、まっ、イチかバチかじゃと機上の人となったことがある。快調に飛んでいるようにみえていたので安心しきっていたら、いざ松山に近づくと着陸もままならず、なぜか羽田に引き返すこともできなくなったらしく、いきなり「福岡空港に着陸します」とアナウンスされ、ぶっ飛んだ。そりゃあ、飛行機を操縦する皆さんからすれば、四国と九州なんて日本列島の下の方に仲良くならんだ近場の島に見えるかもしれないが、福岡に降ろされた日にゃあ、私は、どうやって海越えて松山まで帰ればいいいんだよォッ！

川止めの宿に私と九官鳥　　夏井いつき

カンカン帽　かんかんぼう❖三夏❖人事

❖**「夏帽子」の副題。男性用の夏帽子の俗称。**

麦藁をきっちり編んだ、てっぺんの部分が平たい、つばがある帽子だよね、と頭の中でカンカン帽の図を思い浮かべつつ、昔、父が機嫌のいいときに口ずさんでた歌、あれなんだったたっけ？『銀座カンカン娘』だったか、と思いつつ、『大辞典』を引く。そもそも「カンカン」って何だよ？

カンカン　一九世紀中ごろパリを中心に流行した二拍子および四拍

子の早いテンポの通俗的な舞踊曲。また、その踊り。スカートをまくりあげ、足を高くはね上げたりして踊る。現在はフレンチ・カンカンとして知られる。カンカン踊り。

ほーほーナルホド、カンカン帽↓カンカン娘↓カンカン踊りと並べてみれば、ちょっとハイカラでたっぷり俗な、当時の雰囲気が伝わってくるようではないか。なーるほどと勝手に納得して、『大辞典』を閉じようとした瞬間、ん？……「かんかんおどり」という項目がもう一つ目に入った。あれあれ？？

かんかんおどり（看看踊） 江戸時代、長崎から流行した中国風の踊り。文政三年（一八二〇）ごろ、大坂堀江の荒木座で、長崎の人が中国人の衣装をつけ、鉄鼓、胡弓、蛇皮線、太鼓などの伴奏に合わせて興行してから大流行し、文政五年二月には禁止令が出たほどであったが、明治時代まで存続した。

むむむ、看看踊り↓カンカン娘↓カンカン帽と並べてみると、三つ編みのお団子をくっつけてチャイナドレス着たカンカン娘と、キョンシーの帽子みたいなカンカン帽を被った男が、いきなり太鼓を叩きつつ踊り始める図が脳裏に動き出し、深く困惑しているワタクシである。

カンカン帽脱ぐや華僑の店の隅

夏井いつき

金魚玉

きんぎょだま❖三夏❖人事

❖金魚を入れるための球状のガラス器。

骨董品屋の店先で「金魚玉」を見つけたことがある。ほんとに丸々の球体で、なんともいえずにレトロで可愛い。分厚くて古風なガラスの、ちょっと歪《いびつ》な光りもなんだかお洒落。金魚なんて飼ってないんだけど、その金魚玉が欲しくてたまらなくなった。値段を尋ねると、思ったよりも安い！

が、少々不思議な気持ちになって、オジサンに質問した。「オジサン、これってどうやって置くの？　置いたら転がるよね」「ははは！　そりゃ当たり前やろ、ネエチャン。金魚玉は吊るすもんやから」

オジサンは「こういうもんがあるんや」とおもむろに組紐の束のようなものを取り出してきた。絹糸を寄り合わせたらしき上品な紐を、荒くざっくりと袋状に編んでいる。オジサンはその編んだ絹紐の中に「金魚玉」をポコリと入れた。すると、美しい絹紐にからめとられた「金魚玉」はミラーボールのようにきらきらと揺れ始めた。「この色合いが上品やろ。水を入れたらもっと綺麗に反射するし、そこに金魚入れたらもっと綺麗や」とオジサンは自信満々に言い放つ。見つめていると確かに綺麗だ。金魚を飼う飼わないはともかく、「金魚玉」そのものが季語なのだから、手に入れたいという欲求がムクムクと湧き起こる。これは決して浪費ではなく、俳人として真っ当な探究心ではないか。

「よっしゃ、オジサン、これ買うワッ！」と叫んだワタシの鼻先に突きつけられたのは、「金魚玉」プラス、それより二桁も大きい絹紐代の合計金額だった。冗談ぢゃないよ、オッチャン！

金魚玉磨く青空容れるため　　夏井いつき

薬狩

くすりがり❖仲夏❖人事

❖陰暦五月五日に薬草を採ると、効果があるといわれる行事。

絶滅寸前季語保存委員会は、俳句新聞『子規新報』の連載として始めた活動であるゆえ、連載を続けていると、さまざまな反応が届くようになる。

拝啓。絶滅寸前季語保存委員会の主旨は、非常に面白く注目しているのですが、投句された作品自体がフザケすぎているのではないかという危惧の念を抱いております。死語に近い季語を立派な作品にすることの難しさはよく分かりますが、やはり作品として立つ実績が必要だと存じます。老婆心ならぬ老爺心かとは思いますが、ファンの一人として苦言を呈させていただきました。

老爺心居士

うーん、おっしゃることは分かる。「薬狩」に寄せられた絶滅委メンバーの作品を例に取ると、「ホカ弁屋三重扉薬狩」と全く意味不明なものもあれば、「飼い猫に薬狩にゆけと言ふ爺」なんて日本昔話の常田富士男の声が聞こえてきそうな怪作もある。確かにフザケてもいるし、ナサケナクもある。

が、しかしだ。老爺心居士のおっしゃる「立派な作品」(どんな作品を立派というのかについて語り出すと、話がまた別の次元にいってしまうので今回は避けるが）が生まれるためには、むしろこれらのハチャメチャな発想や奇想天外な試みが必要なのではないかと思うのだ。なんせ、相手は、ただでさえ死にかけてる季語。それを現代に蘇らせようとするわけだから、常套的な発想や当たり前の価値観からは何も生まれてこない。新しいものとは、混沌とした猥雑のなかから不意にポカリと湧き上がってくるものではないか。

さらにありがたいことに、俳句の世界の浄化作用とでもいうか、つまらない作品は心配しなくても自然に消えていく。絶滅寸前季語保存委員会のこの試みのなかから、ほんの一句でも生き残る作品が生まれたならば、この企画の存在意義は充分にあったと言えるに違いない。

決断をさきへさきへと薬狩　　福岡重人

「決断」を先送りすることは確かに現実からの逃避なのだろうが、逃避する先が「薬狩」なんてのは洒落ているではないか。「薬狩」という季語の奥ゆかしそうでいて、なんとも摩訶不思議な気分と、「決断を先へ先へ」という現実感のギャップが、妙なバランスを生み出している一句。

万葉集うろ覚えなり薬狩　　梶田泰弘

『万葉集』と「薬狩」の取り合わせは、いかにももの感なきにしもあらずだが、万葉時代を気取って薬狩としゃれこんだものの、恋の歌一つ満足に知らなくてねェ……なんて、苦笑いが見えてくる一句。

突然に勃発したり薬狩　重松　隆

先生が先生囲む薬狩　石川さくら

「勃発」という言葉の迫力と、狩りのイメージとをぶつけようとした重松隆だが、「勃発」とくれば「突然」は要らない。石川さくらの一句も「紅葉狩《もみじがり》」でも賑々しいかもよってな感じ。

「薬狩」という季語は、邪気払いの少し怪しげな匂いと地味な薬草の色合いに、五月の野の明るさと、狩りという言葉のインパクトを、トッピングした気分ではないかと思う。となると、こんな一句はいかがだろう。

薬狩けふの竜巻予想かな　　　豈木孝子

まさか、そんなことないよねと思いつつも、「今日、竜巻くるらしいよ」なんて空模様を気にしながら薬草を探しているとは、なかなか見上げた発想ではないか。和風『オズの魔法使い』でも出てきそうな場面設定が、まさにこりゃあ「薬狩」だ。いやはや、怪しくて楽しい一句。

薬降る

くすりふる❖仲夏❖天文

❖陰暦五月五日の午《うま》の刻、午前十一時から午後一時に雨が降ることをいう。

かつて人々は、このときの雨を竹筒にため、薬の調合水としたらしいが、よっぽどの豪雨でも降ってくれない限り、薬ができるほどの水が採取できるとは思えない。

俳句の世界において、ここまで期間限定が徹底している季語も珍しい。二十四時間×三百六十五日＝八千七百六十時間のうち、この季語に出会えるのは、二時間のみ。しかもこの二時間に雨が降ってる年って、何年に一度ぐらいなのだろうか。いやはや、一生涯に何度、この季語と出会えるチャンスが巡ってくるか、今から五月五日の天気が気になってしようがない。

薬降る推定樹齢三百年　　高橋白道

氷冷蔵庫

こおりれいぞうこ❖三夏❖人事

❖木製の箱に氷を入れ、ものを冷やすタイプの冷蔵庫。現在は、ほとんど見られない。

入れた氷でもって、冷蔵庫の中を冷やすという発想は、まことに単純明快。「じゃあ、その氷はどこから持ってくるの?」「冷蔵庫に決まってるじゃないか」ってな、堂々巡りのニワトリ・タマゴ関係をどこで断ち切ればいいか……。

氷冷蔵庫に溶けてゆく氷　夏井いつき

穀象

こくぞう❖三夏❖動物

❖「穀象虫」のこと。米につく害虫。

絶滅委メンバーにリサーチしてみると、それぞれがバラバラな反応を示す。「穀象なんて、子供のころに見たような気もするけど、どんな形の虫だったか分からない。絶対に絶滅度は高い」と松山市内に新居を構える某高校教師が明言すれば、「ちょっと油断したらすぐにわいてくるよね」と当たり前のように言うのは、松山市郊外に広がる水田地帯に大きな納屋を構える某兼業農家の主婦。さらに、たまたま打ち合わせの電話をかけてきた某TV局のディレクターに「コクゾウって知ってる？」と尋ねると、「新型の冷蔵庫ですか」との答えが返ってくる始末。

ただでさえそんな塩梅だから、「穀象」を見たこともない若い女性たちからは、歳時記の解説や写真から想像した、ヘンテコリンな句が寄せられる。

　　穀象の鼻にリボンを結びたし　　西沖あこ

　　肩凝ってをるではないか穀象　　杉山久子

「穀象」の写真を見てもらえば分かるが、穀象の体は三ミリか四ミリほどの卵形で、口らしきものが長く突き出ている。これが鼻なのかどうか、私には分からないし、西沖あこも知らないと思うのだが、それを鼻だと言い切り、そこにリボンを結びたいと言い張るのが俳人の強引なやり口。杉山久子の一句も、「穀象」というのがまるで息子か兄弟の名前のようで、面白くも不気味。「穀象」が米の山を上ったり下りたりするときのギクシャクした動きを思えば、そうだったのか肩が凝っていたのかと一瞬納得してしまう。

穀象の壊れかけては歩きだす　　大塚桃ライス

「穀象」の動きをこんなふうに把握できる観察眼も見事だが、「穀象」という絶滅寸前季語の現状と行方までをも、予言してしまう手口がさらにアッパレ。「穀象」とは、まさにこれであるよという脱帽の一句である。

コレラ船　これらせん❖晩夏❖人事

❖「コレラ」の副題。コレラ患者が出たため、入港を止められ沖に停泊している船のこと。

『大歳時記』には「コレラ」は「コレラ菌によって腸が冒される法定伝染病。猛烈な下痢と嘔吐のため脱水症状に陥る。便が米のとぎ汁状になるのが特徴である。安政五年（一八五八）の大流行以来、明治、大正時代にも流行し、高い死亡率のため、「ころり」と言って恐れられた」とある。

コレラ怖《お》ぢ蚊帳吊りて喰ふ昼餉《ひるげ》かな　杉田久女

この気持ちは分からないではないが、蚊帳にちゃぶ台を持ち込み、一家がかたまってご飯をいただいているさまを想像すると、情けなくも滑稽。コレラ船ならぬ、コレラ蚊帳とは恐れ入った。

先日、書き換えられた保険証と一緒に送られてきたのが、エイズに関するパンフレット。「誤解しないで」との見出しのあとに、「こんなことでは感染しない。せきやくしゃみ、汗、涙にふれる。握手や抱き合うなど体にふれたり、軽いキスをする。同じ皿の料理を食べたり同じ食器や箸を使う。風呂やプールに一緒に入る」エトセトラという具合に、具体的な場面がカラフルなイラストを添えて示されている。

夏

久女さんたちの昼餉の様子をくすりと笑ってしまう私たちだが、考えてみれば、このような心理はどの時代の誰の心にも潜んでいる。正しい情報が正しい判断を生むという当たり前のことを、常に確認し続けておかないと、一生コレラ蚊帳の中から出てこられない人間になってしまうだろう。

いくらなんでも、「コレラ船」を見ただけで伝染すると思っていた人はいないだろうが、例句はやはり見つからない。『大歳時記』にたった一つ、大虚子の一句。

コレラ船いつまで沖に繋《かか》り居る　　高濱虚子

砂糖水

さとうみず❖三夏❖人事

❖水に砂糖を溶かした飲み物。

この世に砂糖があり、水がある限り「砂糖水」自体はなくならない。が、夏の風物詩としての「砂糖水」はすでに絶滅しかけている。サイダーですのコーラですの一〇〇パーセントジュースですのと、色とりどりの清涼飲料水があふれる昨今、井戸水に砂糖を入れただけの「砂糖水」に生き残れというのが、無理というものだ。

私には二歳年下の「千津」という妹がいる。その妹が赤ん坊のころ、彼女には専従の乳母がいた。乳母というと上品そうに聞こえるが、要するに子守婆さんである。家族みんなが「千津のばあちゃん」と呼んでいたので、私もずっとそう呼んでいた。

千津のばあちゃんの家は、「にしまい」と呼ばれる、村の西側に位置していた。その一帯は、桜山でもあるお寺の山の陰になるため、一角にはほとんど日の当たらない家々もあった。千津のばあちゃんの家は、そのなかでも特に日の当たらない場所にあった。

千津のばあちゃんは、朝やってきたら妹を背中にくくりつけサッサと自分の家に戻ってしまうのが常だったが、そのころ保育所に通っていた私も、何度か千津のばあちゃんの家に行ったことがある。

暗くて小さい玄関の向こうには狭い中庭があり、そこには小さな井戸があった。私が一人で遊びにいくと、千津のばあちゃんはその井戸水をガラスコップに汲み、小さな壺から掬った一匙の砂糖を大事そうに入れ、「喉かわいたやろ」と渡してくれた。子供らしくもなく、甘いものがあまり好きではなかった私だが、飲み残すことが大変な悪事のような気がして、その甘ったるい水を苦い薬かなんぞのようにゴクリと飲み下したものだった。母は、夕方妹を迎えにいくときに、私がついて行きたがらないのを不思議に思っていたようだが、あの甘ったるい水のことを思うと、どう考えても留守番をしている方が気が楽だった。

物としての「砂糖水」と、季語としての「砂糖水」の寿命には大きな隔たりがあるが、ある時代の手触りとして、こんな句を味わってみたくなる日もある。

いもうとが嫌いで砂糖水も嫌い　　遊月なゐ

早苗饗　さなぶり❖晩夏❖人事

❖田植えを終え、田の神への感謝をささげ、田の神を送る祭り。

具体的にどんなことをするのかというと、『大歳時記』には「神棚に洗い清めた早苗を供え農具を飾り、赤飯を炊き、餅をついたりして祝う」とある。

田植えが大変な重労働であった時代ゆえに発生し、存続してきた行事。田の神を送るという建て前の陰には、家族親類そろってその労をねぎらうという思いやりの本音がこめられていたはず。

稲作農家にとって、田植えが大きな作業であることに変わりはないが、田植機一台で一日か二日で終わってしまうとなれば、「早苗饗」を祝おうとする意識が薄れてゆくのも当然のことだ。

下手に「早苗饗」を復活させようとすれば、神棚を清め、そこに飾る農具も洗い、赤飯の準備をし、餅米を蒸し、餅をつき、丸め、飲んで食って後片付けもし、と考えるだけで気ぜわしい。「早苗饗」がやっと終わったら、「早苗饗々」(「早苗饗」の慰労会の意。「さなぶりぶり」と読む?)ぐらいやってもらわねば、しんそこ祝える気分にはなれないかもなあ。

早苗饗や神棚遠く灯ともりぬ　　高濱虚子

晒井

さらしい❖初夏❖人事

❖井戸の水を全部汲み上げ、底にたまっているゴミや枯葉などを清掃する共同作業。副題には「井浚《いざらい》」「井戸浚《いどさらい》」「井戸替《いどがえ》」などがある。

年に一度の「晒井」にしても、先の「早苗饗」にしても、ご近所との共同作業を必要としていた時代ゆえに、生き続けてきた季語も多い。勿論、上水道の発達で井戸の存在自体が少なくなったという事情はあるにせよ、ご近所総出で一緒に何かをしようという心持ちも急速に色あせてきた。

何年か前に、私の住む松山市がとんでもない渇水に見舞われたことがある。毎朝、石手川ダムの干上がった映像がＮＨＫの朝の全国ニュースで紹介されていたことを記憶に止めている読者もいるかもしれない。その渇水騒動が一段落ついたある日、近所の水道業をいとなむオジサンがいきなり井戸を掘り出した。最初は何が始まるんだろうと遠巻きに見ていた近くの住人たちは、「何してるんですか」を合い言葉に一人また一人と立ち寄るようになり、やがては井戸を話のネタに集まってきた人たちの交流の輪が広がるようになった。

井戸一つを中心に生まれるコミュニケーションを思えば、何かそれに代わるものが現代の社会にも見つけられるかもしれないと、そんなことを思ったりする。

晒井の喧噪をきく二階かな　夏井いつき

山椒魚　さんしょううお❖三夏❖動物

◇サンショウウオ目の両生類は、サンショウウオ科とオオサンショウウオ科に分かれる。清流の岩の下や、洞窟の中に棲む。体長が一・五メートルにもおよぶ大山椒魚は特別天然記念物に指定されている。

愛媛県面河《おもご》村の面河山岳博物館学芸員・岡山さんに案内していただいて、珍しい湿原を取材するというロケに出掛けた。途中、小さなせせらぎのそばで休憩していたときのこと、岡山さんが「あっ、ここならサンショウウオがいるかもしれないですよ」と目をきらきらさせて探し始めた。天然記念物に指定されているというサンショウウオが、そんな簡単に見つけられたりするのかなあ、それにサンショウウオって洞窟の奥深くに潜んでるんじゃなかったのかなあと半信半疑ながら、浅い川底をキョロキョロ睨んでいたら、急に「おっ、いたッ！」と声が上がった。

駆け寄った私に向かって、彼はいかにも愛しそうにその両手を開いた。そこには、小さな小さなサンショウウオの赤ちゃんが、手のひらの水たまりの中でクニュクニュと暴れていた。そのケシ粒みたいなつぶらで真っ黒い目や、ぱっと広げた指を見ていると可愛くて可愛くて俳句を作るのも忘れて喜んだ。これが、あの巨大な、私の身長ほどにもなるオオサンショウウオに育っていくのだと思うと、もうそれだけで感動してしまった。

ロケを終えての帰り道、「今日の収穫は、サンショウウオの赤ちゃんでしたよね。あんな小さなものが、井伏鱒二の『山椒魚』みたいに巨大な体に育っていくんですよねぇ、すごいですねぇ！」となおも熱く語っていたら、岡山さんが済まなそうにこう言った。「あの……ですねぇ、あれはそんなに大きくならないです。成長しても十センチちょっとぐらいかな」「じゅ、十センチ？」

そのときになって初めて、「山椒魚」の仲間には、サンショウウオとオオサンショウウオがあることを認識した。「はんざき」は「山椒魚」の異名で、体を半分に裂いても生きていられるということから名付けられたものだと、知識としては知っていたが、それは確かに体長一・五メートルにもなるオオサンショウウオだからいえること。たった十センチちょっとのサンショウウオの体を裂きでもしようものなら……すぐに息絶えるだけでなく、刺し身にも開きにもできずに終わってしまう？

百年や山椒魚の声は泡　　夏井いつき

三伏

さんぷく❖晩夏❖時候

❖夏至のあとの第三回目の庚《かのえ》の日から始まる、初伏《しよふく》・中伏《ちゆうふく》・末伏《まつぷく》の総称。陽暦では七月中旬から八月上旬にかけての期間。

これまた二十四節気か七十二候の類いだろうと思っていたら、全然違っていた。『大歳時記』によると「中国の陰陽五行説に基づく選日だが、日本最古の『具注暦』にも記載されている」とある。

折しも、最も強烈な日差しと粘っこい暑さに見舞われるころ。「三伏」という字面の、何もかもがその暑さの前に伏してしまいそうなイメージや、「サンプク」という漢方薬かなんぞのような響きを、頭の中でミキシングしていたら、急にこんな句が浮かんできた。

三伏のリングサイドの父なりし　夏井いつき

もの静かな人であったし、一度もリングサイドのような場所に出入りすることなく五十二歳の生涯を閉じた父であったが、ボクシングのタイトルマッチがあるという晩はきまって、早くからテレビの前に腰を据えウイスキーを飲んでいた。試験勉強に疲れ、休憩がてら居間に降りていくと、その夜の試合の結果を語る少し紅潮した父の、それでもいつもと変わらない静かな口ぶりを不思議な思いで見つめた記憶がありありと蘇ってくる。そんな小さな思い出のかけらが、今も私と父をしっかりとつないでいる。

七変化　しちへんげ❖仲夏❖植物

❖「紫陽花《あじさい》」の別名。

「紫陽花」なら「紫陽花」と言えばいいだろうにと思うが、これがまた色々に言ってみたい人がいるようだ。「あずさい」「四葩《よひら》の花」「七変化」「八仙花《はっせんか》」「かたしろぐさ」「刺繍花《ししゅうばな》」「瓊花《たまばな》」と並べられても、これが「紫陽花」だと分かる人はそんなにいるはずがない。

中でも「七変化」という名は、どうみてもこの花にそぐわない。三流役者の座長公演みたいで、「〇〇姫お江戸七変化の巻」なんて台本がみえてきそうでナサケナクも可笑しい。そうなりゃ、腹括っていっそ、そっち方向に発想を飛ばしてみるのもありか？　ここは絶滅寸前季語保存委員会の力の見せ所ではないか！

七変化歳をとれない由美かおる　西沖あこ

そ、そうくるか……不覚だった。そ、そうだ、君たち、もうちょっと科学的な方向に舵を切ってみたらどうかな？

酸性の土なら青い七変化　桜田理科子

アルカリ性ならば真っ赤な七変化

恐れを知らない絶滅寸前季語保存委員会。うーむ、この季語よりも君らの方が手強かった……。

紙帳

しちょう❖三夏❖人事

❖**和紙製の蚊帳。**

「蚊帳」でさえ、前頭何枚目ぐらいの絶滅寸前季語なんだから、「紙帳」ともなれば大関クラスの貫禄である。どんなものかは、『大歳時記』の記述を読みながら、自分の頭の中で組み立てるしかない。

和紙を張り合わせてつくった蚊帳。上下同じ寸法のものと下を広くした山型のものがあった。麻の蚊帳に比べ値が安かったので使われたが、風通しの悪いのが難点。ところどころに窓を開け紗などが張ってあっても蒸し暑かっただろう。一方で墨絵を描いたものを楽しむという風雅もあったようである。

「絶滅委メンバーになるには資格がいるのですか」と生真面目な質問の葉書を送ってくる読者がいたが、そんな資格は全く必要としない。が、もし、ささやかな才能が必要だとすれば、俳句を上手に作れるとかではなく、このような歳時記の解説を読んで、頭の中でその物や事柄をありありと再生できる想像力ぐらいだろうか。

例えば、この説明を読みながら、頭の中に順々に「紙帳」なるものが完成されていけば大丈夫。そして、その「紙帳」の中の暑さを自分の体験のなかから、ああナルホドあれに一番近いであろうと、己の五感に置き換え、全身で追体験することができれば、もう鬼に金棒である。

私は、この季語を、夏のキャンプのテントの中に置き換えて想像した。風の入らない閉じられた空間の中、己の吐いた息をまた吸うているかのようなかすかな息苦しさと、じわじわと己の体温に近づいてくる空気の湿り具合とが、体に蘇ってきた。

「紙帳」がいくら安いとはいえ、毎晩こんな調子で寝てたら慢性（？）二酸化炭素中毒の頭痛にでも悩まされそうだ。「ほら、こちらのお品は墨絵が描いてあって涼しそうでしょう」なんてそそのかされても、金輪際購入したくない商品である。

紙帳には大きな象を描いてやる　夏井いつき

虱　しらみ❖晩夏❖動物

❖体長三ミリぐらいのシラミ目の昆虫。哺乳類の皮膚に寄生し、血を吸う。

『大歳時記』の解説によると「(略) 人体につくのは人虱と毛虱で、

人虱には下着につく白っぽい衣虱と、頭髪につく黒っぽいやや小形の頭虱がある。毛虱はもっぱら陰毛につく。いずれも血を吸われたあとが痒い」とある。読んでいるだけで気持ちが悪くなること甚だしい。

母の世代にとって「虱」は、「よう虱をつけとる子がおって、DDTを振りかけられて……」といった類いの昔話に花が咲くキーワードの一つであるようだが、頭に虱をつけた子なんて見たこともない私には、全くピンとこない季語である。

が、敬愛する漫才師・ダウンタウンの松本人志さんの『遺書』を読んでたら、毛虱の話にブチ当たった（余談だが、彼の文章のぐんぐん押してくるリズムや、物事をバッサリと断定してしまう視点や、極論なのにどこかで納得させてしまう理屈には、ほれぼれする。読むたびに「やっぱこの人、天才やわ」と常々敬愛している)。
事の真偽はともかく、頭髪につく「虱」と聞けば、「まさか今どき」と思うくせに、陰毛につく「毛虱」と聞けば、「あるかもしれない」と思うこの心理はなんなんだろう。松本人志さんのあのグリグリ目玉と丸めた頭のインパクトが、「虱」という季語と私とを強引に切り結んでくれたような気がして、絶滅寸前季語保存委員会委員長として、この場を借りて感謝の意を捧げたい。

松本人志さんへ

毛虱に愛されやすき男かな　　夏井いつき

水中花　すいちゅうか❖三夏❖人事

❖木を削ったものや紙に彩色し圧縮したものを、水中に入れると開いて花が咲いたように見える玩具。

昔、私が生まれる以前に、うちの家で女中をしていたのだという小母さんが、時々祖母に会いに来ることがあった。その小母さんは、来るたびに「可愛らしいやろぉ」といって極彩色の水中花をお土産にくれた。毎回もじもじと受け取りはしたが、子供心にそれが美しいとは思えなかった。小母さんが帰るといつもその辺にほったらかして二度と触らなかった。

ある日祖母が、金魚を飼っていた水槽をきれいに洗い、新しい水をいっぱいに入れ、玄関の下駄箱の上に置き、「お土産にもろとった水中花を沈めるけん、はよ見に来なはい」と言い出した。しぶしぶ下駄をつっかけ玄関の広い土間に立った。

祖母は、嬉しそうに次から次へとお土産の水中花を水槽に入れ始めた。「きれいやなあ、きれいやなあ」と祖母がつぶやくたびに、ストンと水に入った水中花は、ふにゃふにゃと咲き始めた。それを見ているだけで、水槽の水がぬるくふやけてしまいそうな変な気分が込み上げてきた。黒い梁がめぐらされている深い天井が、ことさら不気味に思えた。

ずいぶん前の話になるが、テレビで『愛の水中花』だったかなんだか（主題歌の題名がそうだったのか？）、そんなドラマがあった。筋書きは何一つ覚えてないのだが、ヒロインの松坂慶子さんが網タイツをはいてバニーガールの格好で出てくる場面が毎回あった。その見事に長い足や見事にむっちりした腰つきを見て、おお、確かにこれが「水中花」的美しさかもしれぬと、少女心に合点した。

どの歳時記を見ても、「美しく花ひらく」とか「楽しくて涼しい」と書いてあるけれど、私には、いまだに美しいとも涼しいとも思えない。が、季語として考えれば、美しく思えなくても涼しく感じられなくても、俳句に詠み込むことに何の支障もない。いや、むしろそんな思いを一句に託してこその、俳句という詩型でもあるのだ。

水中花沈めて暗き義母の家

マグダラまりあ

水飯　すいはん❖晩夏❖人事

❖熱い飯を水で冷やしたり、饐《す》えかけた飯を洗ったりして食べること。

京都で過ごした大学時代、下宿先の大家さんには子供がなかったものだから、ずいぶん大事にしてもらった。下宿といっても間借りだけで、食事は自炊していたのだが、大家さんの奥さんはおかずやら、安売りで買い過ぎた卵やらをしょっちゅう分けてくださった。

その下宿で迎えた最初の夏、奥さんが「夫婦二人の食事やから、ついついご飯を炊きすぎてしまうし、食べてもらえると嬉しいけど」とおっしゃるので、「こちらこそ一人分だけ炊くのが面倒だったりするので嬉しいです」と答えて以来、ご飯をおすそわけしていただくようになった。今にして思えばそれが「水飯」との出会いだった。

最初にそれを見たときは、ギョッとした。ご飯の洗ったやつがザルに入ってるさまは、まるで残飯入れのカゴを見せられているようだった。もっと辛かったのは、何度目かにそのおすそ分けをいただいたとき、「いつきちゃん、今日のご飯は饐えかけてたから、丁寧に洗ってあるけど、早目に食べてな」と言われたことだ。そうか、このシロモノはご飯が饐えてしまいそうになったときの処置だったのかと初めて知った。それ以来、そのおすそ分けは二度と私の喉を通らなくなった。

その当時、俳句でもやっておれば、それはそれなりに「水飯三十句」ぐらいはできていたかもしれない。が、惜しいことをしたなあ、俳句のネタに食べときゃよかったなとは（申し訳ないことではあるが）今になっても思えない。

水飯かっ込み寄り合いのどん尻に　　お手玉

蒼朮を焼く　そうじゅつをやく❖仲夏❖人事

❖梅雨の時期、黴《かび》を防ぐために、室内の湿気を払う習慣。おけら（キク科の多年草）の根を乾燥させたものを焚いた。

「蒼朮」なるものが「おけら」という植物であることは分かったが、それ以上のことはとんと分からない。知らないまんま済ませておいても、私の実生活には何の不便もないが、それでは私の好奇心が落ち着かない。やれやれ、この好奇心をなだめてやらなければ次の項目へは進めないのかと、半分ため息をつきながらも足元に積まれていた『大辞典』を広げてみる……と、ナントまたまた、新はっけ〜ん！である。

「健胃・利尿・解毒・鎮痛剤」として、あるいは「発汗をとめたり湿気を払ったり」するために使われている点は、他の歳時記類の記述と変わらないが、ここにはもう一つ別の利用方法を示した出典が引かれている。

女も男も狐臭（わきが）といふもの、扨（さて）も扨もいやなるもの也。〈略〉蒼朮を一まわり呑べし。（随筆・独寝―上・六八）

腋臭のことを「狐臭」と書いてあるのにも吃驚したが、こんな草の根っこを煎じて呑んだぐらいで効くのだろうか。またまた私の好奇心がムクムクと起こってくる。うーん、本当に効くんだろうか？

が、次の瞬間、我が身を使った人体実験ができないことに、はたと気づく。ガックリする。そして、己の好奇心がひとまず一段落してくれたことに、ホッとする。

それにしても、こんな根っこ一つにこんなにさまざまな効用があるのならば、是非これは国会でも焚いてみていただきたい。黴臭くキナ臭い派閥争いだの、国民には全く見えてこない密室性だのに、ひょっとすると思わぬ効果を発揮するかもしれない。

焚きやめて蒼朮薫る家の中　杉田久女

外寝　そとね❖晩夏❖人事

❖戸外の涼しい場所で寝ること。

各戸に冷房設備のない時代は、このようにして涼を取るのは日常のことだったかもしれないが、今どきはどの家もガンガン冷房しているから、下手に外にでも出ようもんなら他人の家の室外機の熱風に当てられて、気分が悪くなってしまうのがおちだ。
が最近、「外寝」をしている人をしばしば見かけるようになった。ダンボールで作った囲いの中で、ガーガー寝てるオジサンがいるかと思えば、バス停のベンチにうずくまってるオバアサンがいたりもする。

夜風を求める夏の季語としての「外寝」が絶滅寸前となり、吹きすさぶ木枯の中での悲惨な状況を表現する冬の季語となってしまいかねない現代社会の惨状がここにある。

外寝してほろほろ星荒ぶ　種田さんどうか

竹植う　たけうう❖仲夏❖人事

❖陰暦五月十三日に竹を植える風習。この日に植えた竹は絶対に枯れないと言われた。副題には「竹移す・竹酔日《ちくすいじつ》・竹迷日《ちくめいじつ》・竹誕日《ちくたんじつ》・竹養日《ちくようじつ》・竹《たけ》植《う》う日《ひ》」がある。

『大歳時記』に「『竹取物語』のかぐや姫が月に帰ったのもこの日とされる」とあるのに、ビックリ。『竹取物語』を全編詳しく読んだことはないのだが、中学校の国語科の教員をしていたころ、教科書の古典教材にこれがあり、その部分は子供たちと一緒に勉強した。日本最古の物語だと言われている『竹取物語』だが、読めば読むほど「こりゃあ、見事なSFファンタジーではないか」と驚嘆する。竹から小さな姫が生まれる発想だとか、五人の求婚者への奇想天外な要求だとか、月の使者の放つビーム(?)で体を動かせなくなってしまう帝の軍隊だとか、月へ帰る乗り物の描写だとか、読めば読むほどメチャメチャ新しい。かつて人は、まっさおな竹林の中に立ち、こんな空想にひたりながら、竹を植えていたのだろうかと思うと、ほほえましくもある。

「竹酔日」「竹迷日」のネーミングがどこからきたものか、あれこれ調べてみたが分からなかった。竹が酔ってたり迷ってたりする日だから、この日に植えてしまうと、竹は自分の置かれた状況がよく分からないまま素直に根付いてくれるんだよ、なんてまことしやかな伝承を想像したりもする。

余談中の余談であるが、この五月十三日は私の誕生日。たくさんの号を持っていた子規さんにあやかって、「竹酔」なんて号を一つ持ってもいいなあと思う。俳句は「夏井いつき」だが、ほかにはどんなところでこの号を使えばいいのか？　華道だの茶道だのの嗜みはないし、琴や三味線はさらに縁遠い。うーん、号はあってても使う場所がないとは情けない。いっそ、語り部「竹酔」として、似非《えせ》伝承でもしながら諸国を渡り歩いてみるか。

竹植や盆にのせたる茶碗酒　　野坡

竹婦人　ちくふじん❖三夏❖人事

◈籐や竹を円筒形に編んだ籠。これを抱いて寝ることで涼を得ることができるという夏の寝具。

かの著名俳人・中原道夫氏は、我が絶滅寸前季語保存委員会が「絶滅寸前季語バスター」の称号を贈ったほどのツワモノ。本辞典においても「毒消売」「インバネス」等の項目にその名が頻繁に出てくるほどのヒーローであり英雄であり、俳句界の野茂英雄である。そんな彼から、こんな手紙が届いた。

またまた絶滅寸前季語バスターでお便りします。「竹婦人」は毎晩抱いて寝てます！と言いたいところなのですが、実は今でも買えるんです。

滋賀県は琵琶湖北、長浜で、竹細工屋さんの店先に吊るしてあり、思わず抱かせてもらいました。一体いくらくらいするものかと聞きましたら、二万円弱であったと記憶しています。涼しそうではありますが、肥えた男が添い寝すると、翌日にはつぶれてしまうのではないかという、ヤワな作りでした。それと、細く編んでないので、ナニがひっかかるやもしれません。（ヤヤ危険なかんじ。）今、流行の抱き枕の方が実用的ではあると思いました。

六月二十五日　　中原道夫

同封されていた写真を見ると、ゆうに一メートル半はあろうかという竹婦人に頬を寄せた道夫氏が、いつもの和装でニヤリと写ってらっしゃる。まさに絶滅寸前季語バスター冥利に尽きるという笑顔である。

彼の語るところの「ヤヤ危険なかんじ」のする竹婦人が二万円もするという情報には驚いたが、ひとまずは「ひっかかるやもしれ」ない程度のナニをお持ちでないことを心からお祈りしたいものである。

月蝕のまだ始まらぬ竹婦人　風早亭鷂

妻よりも少し無口な竹婦人　梅田昌孝

「竹婦人」を見たことのある人は少ないにしろ、こんなにシンプルな素材と形のものであれば、実物を想像するうえにおいては極めて扱いやすい季語である。このような季語の場合は、一句の仕上げに多少の謎をふりかけておくのも一案だ。「竹婦人」と取り合わせる「月蝕」のイメージからは、ぼんやりとした怪しさとほどよい闇が広がってくるし、「妻よりも少し無口」であると断定された「竹婦人」の向こうには、作者夫婦のほほえましい人生の悲哀と愛情が見えてくる。

新入りの猫のおそるる竹婦人　　杉山久子

さらりと巧い一句。「新入りの猫」というだけで、先住の猫の存在も想像できるし、これまでも猫の玩具にされてきた「竹婦人」の様子も浮かんでくる。さらに「おそるる」の一語によって、新入りの猫の表情が見事に語られている。

天瓜粉　てんかふん❖三夏❖人事

❖**湿疹や汗疹《あせも》の予防につける粉末。黄烏瓜《きからすうり》の根からとった澱粉《でんぷん》。**

今の今、知ったことなのだが、「天瓜粉」と「ベビーパウダー」は別物だったとは！　と一人で驚いていてもしようがないが、「天瓜粉」という名前が時代の流れとともにダサくなってきたから、「ベビーパウダー」という外来語の響きに社運をゆだねようとした売り込み戦略だとばかり思っていた。

『大歳時記』によると、「ベビーパウダー」は亜鉛華《あえんか》（酸化亜鉛で、白色粉末）などが主原料だと書いてある。黄烏瓜の根っこからとった澱粉だという「天瓜粉」の天然素材とはエライ違いである。

私が保育所に通っていたころが、この「天瓜粉」と「ベビーパウダー」がクロスする時期であったのではないかと思う。丸型の紙箱には確かに「ベビーパウダー」と書いてあったが、母や祖母は「天瓜粉」と呼んでいた。

生まれてすぐのころからミルクも飲めないほど虚弱な赤ん坊だった私は、半年以上も入院したまま、太ももにさした点滴注射で生きながらえた初孫であったため、父も母も祖父も祖母もそれはそれは大事に育ててくれた。


老そめて子を大事がるや天瓜粉　　村上鬼城

その当時、写真に凝っていた父は（我が家には父専用の暗室があった）、私が生まれた直後からそれはそれはたくさんの写真を撮ってくれていたのだが、三歳前後からの私の広いおでこにはかならず「天瓜粉」が塗りたくられている。おしゃれな白いレースの服を着て、飼っていた大猫のミーの首をしめるように抱きかかえている私のその額にも、くっきりと白い「天瓜粉」の跡が見える。

そんな写真を眺めていると、その一つ一つの場面で嬉々としてシャッターを押していたであろう父の顔が浮かんでくる。写真には写っていないその場の様子を、ありありと思い出したりする。

陶枕　とうちん❖三夏❖人事

❖陶器製の枕。

夏の暑さを解消するためのグッズの多くが、季語として登録されているのだが、これはいかにも文人好みの粋な季語である。一度だけ、俳句仲間の家でこの「陶枕」の現物に遭遇した。真っ白な陶器に、上品な山水画めいたものが涼しげな青で描かれていた。そのかすかな凹みにそっと頭を乗せてみると、確かにひやりとした気持ちよさ。これで昼寝をしたい、この枕が欲しいという強烈な欲望は起こらなかったが、これに頭を預けて思索にふける中国文人たちの心地は理解できるような気がした。

が、しかし、副題の中の「磁枕《じちん》・青磁枕《せいじちん》・白磁枕《はくじちん》・陶磁枕《とうじちん》」はともかく、「石枕《いしまくら》・金枕《かねまくら》・竹枕《たけまくら》・木枕《きまくら》・瓦枕《かわらまくら》」には笑わせていただいた。

こんなのでいいのなら、いくらでも季語になってしまうではないか。

今、私の部屋の中にあるだけでも、「広辞苑枕」「新言海枕」「山本健吉基本季語五〇〇選枕」「現代用語の基礎知識枕」「ハローページ枕」などが即座にあげられる。こんなんでいいなら、いつでも貸してあげるよ。


陶枕にぺたりと腹をのせて猫　　夏井いつき

桃葉湯

とうようとう❖晩夏❖人事

❖桃の葉を入れた風呂。汗疹予防、暑気払いの効果があると言われている。

これまた全国銭湯組合（そんなものあるのか？）にお勧めしたいネタが出てきた。前出「丑湯」（本書・一九三頁参照）のプレゼンテーションは失敗に終わったが、こちらは充分に商品化できるネタである。

『大歳時記』には「桃葉湯」と並んで「枇杷葉湯《びわようとう》」という季語もある。こちらは枇杷の葉のせんじ薬で、暑気中りや下痢に効くのだそうだ。日替わりで、月曜は「桃葉湯」の日、火曜は「枇杷葉湯」サンプルサービスデイってな具合に夏場の商戦をくぐり抜けるというのはいかがだろう。

なかなかいいという評判が立てば、やがて「桃葉湯用桃の葉売り」が出現し、「桃の葉はいらんかぇ〜」と天秤棒を肩に売り歩くその姿がマスコミで取り上げられたりした日にゃあ、実も葉も売れるのかとふんだ農家は次々に桃の木を植えるようになり、やがては日本の農業政策と経済政策を塗り返るような出来事が起こらないとも……？

そんな戯言はともかく、虚子さんのこんな一句が、古き時代の名残をとどめている。

桃葉湯丁稚《でっち》つれたる御寮人《ごりょうにん》　高濱虚子

毒消売　どくけしうり❖三夏❖人事

❖越後（新潟県）や越中（富山県）から来る行商の薬売りで、食中毒などの解毒剤を売って歩く娘たちのこと。紺絣《こんがすり》の筒袖《つつそで》、紺の手甲《てっこう》、脚絆《きゃはん》、手拭《ぬぐい》、菅笠《すげがさ》といういでたちで、黒木綿のふろしき包みを背負って、二人ぐらいで組んで歩いた。

忘れもしない、我が絶滅寸前季語保存委員会が初めて手掛けたメモリアルな季語である。なにぶん最初の試みであったため、浮き足立ったメンバーの中には、付してある解説すらちゃんと読まないヤツもいて、珍作怪作がわんさか集まってきた。

未亡人毒消売に戯れり　新田居さゆり

毒消売とは父の職業釣書かく　谷　さやン

オバサンが「毒消売」のネエチャンをからかっていると読めばそれはそれでいいのだが、それにしても「未亡人」という言葉はいかにも思わせぶり。「未亡人」が「毒消売」の娘を部屋に招き入れてから、そこに繰り広げられる光景は？……さゆりサン、なんとまあ大胆な！かたや、谷さやンの句はさらに恐ろしい。「毒消売＝娘」の本意に忠実に考えれば、どうもこの「父」はゲイのはしりであったらしい。男手一つで子供を育てるための苦渋の選択か、はたまた趣味と実益をかねた天職であったか。さらになによりも素晴らしいのは、そんな父のことをこの作者は少しも恥じていないこと。堂々と釣書《つりがき》に書くというのだから、お見事にして天晴れ。この父にしてこの子あり！だ。

ニイハオと毒消売の片割が　相原シーゲル

南米に死す平成の毒消売　渡部州麻子

ベトナムの少年のよな毒消売　石田ハ行

「毒消売」を国際舞台に引き出した句もあった。相原シーゲルの一句は、とうとう中国への販路拡大を図ったものか。あるいは「毒消売」組合もついに低賃金の外国人労働者雇用に踏み切ったか。渡部州麻子が描く「平成の毒消売」は企業戦士だろうか。会社のためにに奔走し、南米あたりで苛酷な過労死を遂げるなんてことは、なるほどありそうな話だ。石田ハ行の「ベトナムの少年」から読み手が引き出すイメージはさまざまだろうが、私は痩せた少年の真っすぐな眼差しを思った。そんな視線をもった娘こそが「毒消売」のイメージかも。

雨つづく毒消売の失せしより　　重松　隆

毒消の売ってても売ってもドアがある　　大塚桃ライス

重松隆の一句は、一見さりげないようにみえるが、「毒消売」が失せた日からずっと雨が続いてやまない状況は、恐ろしくもシリアスである。「毒消売」に対する村人たちの仕打ちのせいで、この村には日の当たることがなくなってしまったというホラーがかったストーリーも浮かんでくる。「毒消売」という季語の持つ得体の知れなさの側面を巧く味方につけた一句。

大塚桃ライスのこのイメージは、現代に迷い込んでしまった「毒消売」の娘の困惑とも狼狽とも受け止められるし、季語「毒消売」が持っている多重のイメージを映像化したものと読んでもいい。巨大な鏡の部屋の迷路にたたずんでいるような恐ろしさがある。

こうやって見ていくと、現代の私たちが感じるこの季語の面白さとは、文字面からくるインパクトの強さや怪しさ・本意を知ることによって出現する「娘」のイメージ、この二つの要素からくるものであるようだ。

筒袖に菅笠の「毒消売」が消滅している現在、この季語の絶滅度は極めて高い。しかしこれから先、この季語の季節が訪れるたびに、私たちの脳裏にはさまざまな「毒消売」の影が去来するに違いない。

【追記】『銀化』主宰・中原道夫さんと、某審査会の仕事が終わったあと、一緒にビールを飲んでたら、いきなりこんな話をしてくださった。「この間、いつきさんが『毒消売』のこと書いてたでしょ。私、新潟の出身で、『新潟日報』俳壇の選者もしてるんだけど、その担当者とあの記事読みながらね、松山のヤツらは『毒消売』のこと何も知らないなあって話したんだよ」

彼の話によると、毒消売の発祥の地は、新潟県西蒲原郡《にしかんばら》巻町《まきまち》（現・新潟市西蒲区《にしかん》）の角田浜《かくだはま》。しかも、毒消は、今でも新潟の家庭における ナンバー1常備薬。うすい黄色の丸薬で、そのまま飲むのは勿論、水に溶かして塗れば、虫さされにも効くんだとか。「最後の毒消売のおばあちゃんは、なんでも交通事故で亡くなったらしいよ」と、そんな情報までくださった。

いやはや、日本ってほんとに広いんだ。さらなる新たな絶滅寸前季語情報を求む！

土瓶割

どびんわり❖三夏❖動物

❖「尺取虫」の異名。

「尺取虫」はシャクガ科の蛾の幼虫。それがなんで「土瓶割」なのだ？　あの細い体でどうやって土瓶が割れるのじゃと、さっきのさっきまで心中ゴタクを並べていた私は、未熟者であった。『大歳時記』の記述を読んで、そのばかばかしさに力が抜けてしまった。

（略）木の枝などに静止しているときはまさに枝そっくりである。そこに土瓶を掛けようとして割ってしまうほど似ているところから

「土瓶割」の異名がある。

どこの誰がなんのために、枝に土瓶を掛けねばならんのじゃッ！

親父ギャグみたいなネーミングはやめろッ！　責任者出てこ〜い！

責任もなけれど土瓶割歩く

夏井いつき

虎が雨　とらがあめ❖仲夏❖天文

❖曾我兄弟の仇討の日の雨を、兄・十郎の愛人・虎御前にちなんでこう呼ぶ。

曾我兄弟の話は、知ってる人は知ってるが、知らない人は誰じゃそれ、の世界。まずは『大歳時記』の解説からご紹介しておこう。

「虎が雨」の「虎」とは遊女・虎御前のことで、鎌倉時代初期の武士、曾我十郎祐成《すけなり》の愛人。十郎は弟五郎時致《ときむね》とともに、親の敵工藤祐経《すけつね》を富士の裾野にて夜襲し仇討ちを果たすが、後に討たれて死ぬ。その日が建久四年（一一九三）、陰暦の五月二十八日である。（中略）統計上、改訂版『お天気歳時記』（大野義輝・平塚和夫共著）の「6月28日虎が雨」には雨の多い日とある。

歳時記を読んでいて、一番困るのは、この陰暦と陽暦の違いである。陰暦ナントカ、と言われても分からないし、この「虎が雨」のように月遅れで処理される場合もあるしで、ほんとにめんどくさい。

絶滅寸前季語保存委員会の委員長のくせに、そういうことに精通せずしてどうするのかとのお叱りを受けそうだが、そういう生き字引のような役目はどこかの誰かにお願いするとして、私がやってみたいのはその季語を生き生き詠みたいだけのことなのだから、まあ一日二日その日がズレていたとしても、たいした支障はないのだ。が、「虎が雨」の発祥となった物語やその季節の色合いや肌触りなどは、きちんと把握していたい。

奉納の鮫の歯虎が雨荒し　恋衣

季語「虎が雨」が内包する生臭い蛮勇のイメージを転化させたこんな取り合わせの句が作れるならば、絶滅寸前の季語にまた少しの寿命を与えてやれるはずだから。

納涼映画　のうりょうえいが❖晩夏❖人事

❖夏の戸外での催し物として、かつて神社の境内や村の広場などを利用して行われていた。副題に「涼み映画」がある。

そういえば、子供のころ、納涼映画が村に来たことがある。なんせ、バスも通っていない（私が小学校三年生のときに、トンネルが抜け、初めてバスが通うようになった）小さな村だったので、映画が来るというだけでも大変な騒ぎで、老若男女がぞくぞくと公民館に集まってきた。公民館の窓という窓はとっぱらわれ、外からでも見えるようにしていたが、それでも体を擦り寄せ合うような超満員。人いきれで気分が悪くなり、泣き出す子供もいた。

時折、映写機の光を狙ってくる蛾のシルエットが大写しになり画面を塞いだりすると、観客たちから一斉にため息とも抗議ともつかないような声が上がった。どんな映画だったか全く覚えてないのに、そのの唸りのような音と熱気が、「納涼映画」という季語を見るたびに、耳の底に蘇ってくる。

納涼映画終ればどっと海匂ふ　　夏井いつき

蚤　のみ❖三夏❖動物

❖**人体の血を吸う害虫。体長は二～三ミリ。**

最近買った『鳥獣虫魚歳時記全二巻』（朝日新聞社）に手を伸ばす。この歳時記の長所は、写真が大変充実しているうえに、解説が図鑑のように詳しいこと。結構気に入ってながめている一冊だ。

かつてノミは、シラミやカとともに、人体吸血害虫のワースト・スリーの一つであった。清少納言も『枕草子』で「蚤もいとにくし」と嫌っている。ところが終戦後、新殺虫剤ＤＤＴをこれらの吸血害虫に対して、徹底的に使ったので、カ以外は急速に姿を消していった。

おっと、また登場してきたぞ。絶滅寸前季語と『枕草子』がここまで相性のよいものだとは気が付かなかった。早速探してみる。

蚤もいとにくし。衣《きぬ》の下にをどりありきてもたぐるやうにする。

平安時代の蚤はなかなか強烈である。着物の下で跳ねまわって、着物を持ち上げるようにするというのだから、そら恐ろしい。あの十二単《ひとえ》の下では、ぬくぬくと蚤が跳ね回っていたのだと思うと、なにやらリアルでもある。

蚤に関する記述はたったこれだけだが、この二六段（春曙抄本二四段）「にくきもの」には、清少納言がにくらしいと思うものを列挙している。これがまたチョー強烈なのだ。

急用のあるときに長居をする客・つまらない人のおしゃべり・老人が火鉢の上で皺をのばしたりして手をあぶってるさま・酔っ払いの醜態・ぐちっぽくて知ったかぶりすること・忍んでくる男を吠える犬・

隠し男のいびき・きしむ車・会話の際のでしゃばり・偉そうに振る舞う新参者・以前関係のあった女の話をする恋人・不吉なくしゃみをする人・戸を閉め忘れる人などなど、これらの中にポツンと「蚤」もノミネートされている。

たしかに「蚤」が、にくきものであることは認めるが、これだけのものと並べられると、さすがの蚤も立つ瀬がない。ただでさえ殺虫剤DDTによって絶滅の危機にさらされているのに、時間を溯って清少納言にまでこう罵られた日にゃあ、蚤の人権一一〇番でも設置してやりたい気持ちになるのは私だけだろうか。

ナマの「蚤」はどうやれば見られるんだろうと、ふと思う。いよいよ、嫌いな猫でも飼わねばなるまいか。

世のさまや身に身をかくす猫の蚤　来山

蠅叩　はえたたき❖三夏❖人事

❖長い柄のついた蠅を叩き落とす道具。副題に「蠅打《はえうち》」「蠅とり」がある。

蠅帳　はえちょう❖三夏❖人事

❖食品を入れる、蠅を除けるための置き戸棚。副題に「蠅入らず」がある。

蠅取器　はえとりき❖三夏❖人事

❖蠅を取るために使われるさまざまな道具の総称。副題に「蠅取紙《はえとりがみ》」「蠅取リボン」「蠅取瓶《はえとりびん》」「蠅取管《はえとりかん》」がある。

蠅除　はえよけ❖三夏❖人事

❖**食品にくる蠅をよけるために、食卓の上で使う折り畳みの小さな蚊帳のような道具。副題に「蠅覆《はえおおい》」がある。**

前項の「蚤」が、清少納言に嫌われていたように、「蠅」も彼女の槍玉にあがっている。それも、蚤以上の強烈きわまりないバッシングである。

蠅こそ、にくきもののうちにいれつべく、愛敬なきものはあれ。人人しう、かたきなどにすべきもののおほきさにはあらねど、秋など、

ただよろづのものにゐ、顔などに、ぬれ足してゐるなどよ。人の名につきたる、いとうとまし。（四一段・春曙抄本四〇段）

なんとおっしゃっているかというと、「蠅こそは憎たらしいものに入れてしまうのが当然のもので実にかわいげがない。人なみに相手をしてやるほどの大きさでないけれど、秋などになっても、いろんなものに止まって、顔に濡れたみたいにひんやりとした足でとまったりする」と、コテンパンである。ついでに「蠅の文字がついてる人の名前は、ほんとにいやらしい」と全く関係のない人にまで、彼女のバッシングは飛び火するから恐ろしい（「蠅」の文字のついた人の名前ってあるのかと思って調べたら、なんと吃驚、『古事記』に「蠅伊呂泥《はえいろね》」

さんなる人物がいた。ほ〜ォ)。

さて、話を戻そう。蚤取粉ＤＤＴとともに絶滅の危機に瀕している「蚤」に対し、「蠅」の方は相変わらず世の中を飛びまわっているのだが、なぜかこの項に掲げた蠅グッズには大きな浮き沈みがある。例えば「蠅取器」の中の、蠅取リボンなどは魚屋さんの店先などに吊してあるのを見かけるが、蠅取瓶や蠅取管などはお目にかかることはない。蠅帳や蠅除を使っている家庭もめっきり減ったはず。

蠅グッズの中で、私が最も長生きするであろうと予想しているのは、最も原始的な道具「蠅叩」だ。蠅叩きは、私たちの心の奥深くに潜んでいる狩猟民族の血を騒がせる。見事に叩き落とすことができたときの、ザマアミロ的達成感や、打ち損じたときの、クソッ！　今度コソ的闘争心を味わえるのが、この「蠅叩」の魅力である。
ただ、このグッズの最大の欠点は、いざ蠅が出てきたときに限って、肝心の「蠅叩」が見つからないことである。

振つてみるなり百均の蠅叩　　夏井いつき
蠅帳の建付け頓《とみ》に狂ひがち
ビードロの青や土耳古《トルコ》の蠅取器
骨一本折れ蠅除の凹みたる

箱庭　はこにわ❖三夏❖人事

❖木の箱の中に、ミニチュアの山河を作り、その涼しい気分を楽しむもの。

これが、よく分からん。涼しさを楽しむのであれば、「花氷《はなごおり》」や「水機関《みずからくり》」「水狂言《みずきょうげん》」なんて夏の季語もある。氷の中に造花や草花を閉じ込め、そこにドデンと置いてあれば、誰でも涼しげに感じるだろう。高いところに置いた水槽の水の、その水圧を利用してさまざまなカラクリを動かす仕掛けは、まさに夏らしい気分を楽しめるに違いない。舞台に水槽を置き、その中にドブンと飛び込もうなんて狂言芝居を見て、涼しくないぞと言い張る人間は、よほどの臍曲がりに違いない。

が、あの「箱庭」は、涼しいのか？　少なくとも、私が見たことのある「箱庭」は（それを作った人の愛着と手間暇には敬意を表するものの）、やたらにゴミゴミとコセコセといろんなものが配してあって、むしろ暑苦しいとしか思えなかった。無理やり涼しげに見せようと植えられている草木が、なにやら気の毒に思えるシロモノであった。誰か、ほんとうに涼しい「箱庭」を作り、この季語を本当の意味で生き返らせてくれる奇特な御仁はいないだろうか。もしいらっしゃれば、その「箱庭」完成の暁には、全国どこであろうが喜んで馳せ参じるのだが。

箱庭の人に古りゆく月日かな　　高濱虚子

薄荷水　はっかすい❖三夏❖人事

❖**薄荷に砂糖水を入れて、溶かした清涼飲料水。**

以前（今もあったらゴメンなさい）『クイズ100人に聞きました』というTV番組があった。「子供の好きなメニューと言えば？」という質問を百人に投げかけたとき、どんな答えが返ってきたかを推理し、ポイントを稼ぐといったゲームだった。例えば、ハンバーグと答えた人が百人中二十五人いたとしたら、「ハンバーグ」を挙げた回答者がその人数分のポイントを獲得するという具合だったと記憶している。

仮に、「夏の清涼飲料水と言えば？」と問われ「薄荷水」と答える人は、百人中一人でもいるだろうか。「砂糖水」（本書・二五五頁参照）が、夏の清涼飲料水の地位から脱落を余儀なくさせられたのと同じく、「薄荷水」も同様の運命をたどっているに違いない。

ある句会で、この季語を「ウスニミズ」と披講（句会で各々の選句を読み上げること）してしまったＯＬ嬢がいて、大爆笑となった。「ウスニミズ」と声に出していうと、メチャクチャ不味そうに聞こえる。

「ハッカ水ってどんな味ですかぁ？」「ペパーミント味だよ」と答えたら、「ハーブだったんですか。それって、結構お洒落じゃないですかぁ」との声が、あちこちからあがった。ひょっとすると「薄荷水」には、明日があるかもしれない。

薄荷水明日の味がしたりけり　夏井いつき

腹当　はらあて❖三夏❖人事

❖夏場に腹が冷えるのを防ぐため、腹に当てる布。

♪マサカリかついだ金太郎〜さんを思い浮かべていただければ間違いない。ハンカチみたいな布に紐がついていて、首のところと背中とでその紐を結ぶタイプのヤッといえば、分かっていただけるだろうか。「腹掛《はらがけ》」という副題もあるが、これをつけてる男の子なんてのは、最近とんとお目にかからない。

こんな一句、想定したくはないが、あり得ないとも言い難い、殺伐たる世の中の「腹当」である。

出所の荷の中に腹当ちんまりと　　夏井いつき

百物語　ひゃくものがたり❖晩夏❖人事

◈百本の蠟燭を立て、一人が一つずつ怪談を話し、一話終わるたびに蠟燭を一つずつ消していくと、百本目の蠟燭を消したときに本当のお化けが出てくるといわれる納涼の催し物。勿論、本当には出てこない（……と思う）。

この季語を実現してみようと思えば、今すぐにでもやれる！　とはいえ、この忙しい世の中。本当に蠟燭を百本立て、しかも百話の怪談を次から次へと提供できる人材を揃えたイベント開催なんてのは、やっぱり大変。やってみたい気もするけど、正直に言うと、もしも万が一本物のお化けが出てきたらどうしようという気分もチョビットある……。

百物語しづかに爪ののびゆけり　山ボウシ

貝の舌のびて百物語かな　石川さくら

何かが音もなく「のびる」ということは、実に恐ろしい。妊娠していたとき、毎月検診に行くたびに胎児の影を映し出して見せてくれるのだが、そのたびに「人間の骨って、どうやって伸びるんだろう」と想像すると恐ろしくなった。胎教のためにクラシック聴いてるとか、絵本を読み聞かせているという妊婦友達もいたが、こんなことばっかり考えて俳句を作っていたので、我が子はやはり二人とも風変わりな子に育ってしまった。が、そんなことはさておき。

この二句が表現しようとしている「のびる」ことの恐ろしさに、共感する。静かに伸びる「爪」も、ニュルリと動く「貝の舌」も、「百物語」という季語の世界の中で、確かな存在となり、今も音もなく伸び続けているのだ。

腐草蛍となる

ふそうほたるとなる❖晩夏❖時候

❖七十二候の一つ。陽暦では、六月十一日～十五日頃。

文字通り、腐った草が蛍になるという意味だが、この感覚は分からないでもない。いまにもひと雨きそうな湿気の多い夜、蛍はことによく飛び交う。「蛍」という季語を思えば、すぐにあの湿った感覚が蘇ってくる。あれこそが、草が腐っていく湿度だと断定する、その皮膚感がリアルなのだ。七十二候のなかでは、珍しく現場証明のある季語だと私は思っているのだが、やはりこれも長い。九文字も季語に取られた日にゃあ、こんな裏ワザに手を出してしまうではないか。

未練れんれん腐草蛍となりきれず　　夏井いつき

芒種　ぼうしゅ❖仲夏❖時候

❖二十四節気の一つ。陽暦では、六月六日頃。芒《のぎ》のある穀物（稲・麦など）の種を蒔く時期のことをいう。

この季語を初めて教えてくださったのは、俳人の山口都茂女さんだった。ともに囲んだ句座で、都茂女さんがこの題を出された。彼女の、低くて深い「ぼうしゅ」という声の響きが、体の奥にしみわたっていくような心地がした。

この未知の季語を歳時記で調べているうちに、「芒種」という季語の、低温だが体の芯に及んでくるような熱気を体感し始めていた。この感覚を、どんなふうに詠めばいいのかと、己の体と交信を始めている自分がいた。うまく言葉として結晶しないもどかしさを感じながらも、その季語の世界に自ら沈んでゆく快感にひたっていた。

ごんごんと芒種の水を呑みほせり　　夏井いつき

水争　みずあらそい❖晩夏❖人事

❖**灌漑《かんがい》用水をめぐって、隣の田圃の持ち主らとの間に起こる揉め事。**

灌漑設備が整ってきた昨今だから、このような争いはほとんどなくなったと、どの歳時記にも書いてある。が、絶滅寸前季語保存委員会独自の調査によると、かつてのような鍬《くわ》や竹槍で隣の村を襲う類いの事件はなくなったものの、水面下の小競り合いや感情の行き違いなどは、やはりいくらでもあるという。

かつての新聞紙上で記憶しているゲートボール殺人（ゲートボール仲間との揉め事から起こった事件）やピアノ殺人（ピアノの音が不快だとの隣家の苦情から起こった事件）等のように、田圃の水をきっかけにして起こった感情の縺《もつ》れというケースが多いらしい。

水論のついでに女房けなしたる　カテーテル・石井

争点は田圃の水のことだったはずなのに、うっかりと相手の「女房」までけなしてしまったというのだから、笑える。そのせいでさらに険悪になったか、ソウカお前もそう思ってくれるかと、ひょんな和解の糸口となるか。二つに一つの展開か。

水喧嘩大きな女連れてくる　杉山久子

この「大きな女」も戦闘要員だと考えてよいのだろうか。当のご本人たちにはその気がなかったとしても、後ろに「大きな女」を連れて現れた日にゃあ、こっちとしてはビビッてしまいますがな。

水喧嘩勝ちたる村の鮒となる　高橋白道

「水喧嘩」で勝ったから「鮒《ふな》」まで貰っちゃったぞ、と読んではぶち壊しだ。人間サマの事情とはなんの関係もなく、水の流れ通りに泳いでいたら「勝ちたる村」の方に行っちゃってたよと読むべき。そんな地上の争い事には、我関せずといった鮒のとぼけた表情が見えてくる。

虫干　むしぼし❖晩夏❖人事

❖衣類、書画、書物などを、陰干しして風に当てることによって、黴や虫の害を防ぐ習慣。防虫防カビ剤の商品開発が進むに連れて、着々と絶滅への道を歩んでいる季語の一つである。

私が生まれたのは、母屋と道路一つを隔てた離れだった。その離れのことを、家族は「おへや」と呼んでいた。「おへや」は、玄関をあがった五畳ほどの板の間と六畳二間、そしてそれらをぐるりと取り囲む廊下があるという小さな建物だった。

「虫干」の季節になると、この「おへや」の回廊には母の着物がぐるりと吊るされた。その着物のトンネルを妹と二人でくぐり歩くのは、私たちのお気に入りの遊びだった。樟脳《しょうのう》の匂いが鼻につんとくるのを、クサイクサイと言い合いながらはしゃいだものだった。

母屋の「虫干」はさらに賑やかだった。当時まだ学生だった一番下の伯母が、日本舞踊をやっていたものだから、きらびやかな舞台衣装も多く吊るされていた。暗い母屋の軒下にあふれ出る色彩を見るのは、やはり心躍るものがあった。
年の近いこのオチャメな伯母は、毎年「虫干」の日になると、私と妹を使った着せ替え人形ごっこをやりだした。羅《うすもの》の着物をお姫様みたいにハラリと被せられ、お澄まし顔で立っている私と、ショートカットの頭に大きな舞台用の簪《かんざし》をつけてもらい、ニカッと笑っている妹の写真が、今もアルバムに残っている。それを見るたびに、濃い樟脳の匂いとともに、あの日の中庭の強い日差しをまざまざと思い出す。

虫干や辰巳をうけて角屋舗　　蕪村

季語索引

◎本索引は、本書に収録した季語を五十音順に配列し、その季を示したものである。太字は見出し季語を示す。

あ

あいの風《かぜ》……夏 212
藍微塵《あいみじん》……春 24
アイリス……夏 174
愛林日《あいりんび》……春 26
青嵐《あおあらし》……夏 212
青蚊帳《あおがや》……夏 228
青《あお》き踏《ふ》む……春 28
青挿《あおざし》……夏 154
紫陽花《あじさい》……夏 268
あずさい……夏 268
翌《あす》なき春《はる》……春 30
汗手拭《あせてぬぐい》……夏 160
汗拭《あせぬぐ》い……夏 159
畦塗《あぜぬり》……春 31
汗《あせ》ふき……夏 159
安達太郎《あだちたろう》……夏 161

あっぱっぱ……夏 162
油《あぶら》まじ……春 33
雨乞《あまごい》……夏 164、172
甘酒《あまざけ》……夏 166
甘酒屋《あまざけや》……夏 166
雨祝《あめいわい》……夏 172
雨降《あめふ》り盆《ぼん》……夏 172
雨休《あめやすみ》……夏 172
アヤメ……夏 173
菖蒲《あやめ》の枕《まくら》……夏 173
家蝙蝠《いえこうもり》……夏 176、180
家桜《いえざくら》……春 34、126、180
家清水《いえしみず》……夏 180

居重《いがさ》ね……春 113
井浚《いざらい》……夏 260
石《いし》たたき……秋 190
石枕《いしまくら》……夏 298
泉殿《いずみどの》……夏 182
磯遊《いそあそび》……春 37、130
鳶尾草《いちはつ》……夏 174
井戸替《いどがえ》……夏 260
従兄煮《いとこに》……春 39
井戸浚《いどさらい》……夏 260
糸取《いととり》……夏 184
糸取女《いととりおんな》……夏 184
糸取車《いととりぐるま》……夏 184

糸取鍋《いとりなべ》……夏　184
糸引《いとひき》……夏　184
糸引歌《いとひきうた》……夏　184
糸引女《いとひきおんな》……夏　184
いなさ……夏　212
犬桜《いぬざくら》……春　35
妹背鳥《いもせどり》……夏　187
石見太郎《いわみたろう》……夏　161、162
インバネス……冬　104、290
浮《う》いて来《こ》い……夏　191
魚氷《うおひ》に上《のぼ》る……春　42
浮人形《うきにんぎょう》……夏　191
鶯《うぐいす》……春　46
丑湯《うしゆ》……夏　193、299
雨水《うすい》……春　44
歌詠鳥《うたよみどり》……春　46
卯月八日《うづきようか》……夏　196
瓜小屋《うりごや》……夏　198
瓜盗人《うりぬすっと》……夏　198
瓜番《うりばん》……夏　198
瓜番小屋《うりばんごや》……夏　198
瓜守《うりもり》……夏　198
絵踏《えぶみ》……春　48
衣紋竹《えもんだけ》……夏　200
大蝙蝠《おおこうもり》……夏　176
大島桜《おおしまざくら》……春　35

起《おこ》し絵《え》……夏　202
瘧《おこり》……夏　205
獺《おそ》の祭《まつり》……春　64
男滝《おだき》……夏　208
温風《おんぷう》……夏　211

か

貝合《かいあわせ》……春　50
貝桶《かいおけ》……春　53
蚕《かいこ》……春　82
蚕棚《かいこだな》……春　83
開戦記念日《かいせんきねんび》……冬　197
蚊《か》いぶし……夏　223、224
飼屋《かいや》……春　83
貝寄風《かいよせ》……春　55
貌鳥《かおどり》……春　56、147
杜若《かきつばた》……夏　173
蚊喰鳥《かくいどり》……夏　176
霍乱《かくらん》……夏　213
掛香《かけこう》……夏　216
嘉定喰《かじょうぐい》……夏　218
かたしろぐさ……夏　268
徒遍路《かちへんろ》……春　108
脚気《かっけ》……夏　220
蚊取線香《かとりせんこう》……夏　223
金枕《かねまくら》……夏　298

髪洗《かみあら》う……夏 225
亀鳴《かめな》く……春 58
髢草《かもじぐさ》……春 60
蚊帳《かや》……夏 227、270
蚊遣火《かやりび》……夏 223
雁《かり》……秋 70
獺魚《かわうそうお》を祭《まつ》る……春 61
川止《かわど》め……夏 230
かわほり……夏 176
瓦枕《かわらまくら》……夏 298
観桜《かんおう》……春 89
雁瘡《がんがさ》……秋 65
雁瘡《がんがさ》癒《い》ゆ……春 65

カンカン帽《ぼう》……夏 234
寒食《かんしょく》……春 67
雁風呂《がんぶろ》……春 70
喜雨休《きうやすみ》……夏 172
菊頭蝙蝠《きくがしらこうもり》……夏 176
北窓開《きたまどひら》く……春 76
北窓塞《きたまどふさ》ぐ……冬 76
黄粉鳥《きなこどり》……春 47
木枕《きまくら》……夏 298
旧正《きゅうしょう》……春 78
旧正月《きゅうしょうがつ》……春 78
経読鳥《きょうよみどり》……春 47
金魚玉《きんぎょだま》……夏 237

薬狩《くすりがり》……夏 240
薬降《くすりふ》る……夏 246
くだり……夏 212
薫衣香《くのえこう》……夏 216
九万九千日《くまんくせんにち》……秋 138
組上《くみあげ》……夏 202
組立灯籠《くみたてとうろう》……夏 202
雲《くも》の峰《みね》……夏 161
黒南風《くろはえ》……夏 212
桑摘《くわつむ》……春 83
桑解《くわと》く……春 83
薫風《くんぷう》……夏 212
啓蟄《けいちつ》……春 45

耕牛《こうぎゅう》……春 81
香水《こうすい》……夏 216
耕馬《こうば》……春 81
蝙蝠《こうもり》……夏 176
氷冷蔵庫《こおりれいぞうこ》……夏 247
蚕飼《こがい》……春 82
穀雨《こくう》……春 45
穀象《こくぞう》……夏 248
穀象虫《こくぞうむし》……夏 248
古参《こさん》……春 113
事納《ことおさめ》……春 40
事始《ことはじめ》……春 39
駒返《こまがえ》る草《くさ》……春 84

蚕屋《こや》……春 83
コレラ船《せん》……夏 252

さ

佐保姫《さおひめ》……春 86
桜《さくら》……春 34、88、180
桜狩《さくらがり》……春 88
桜人《さくらびと》……春 89
桜見《さくらみ》……春 89
笹鳴《ささなき》……冬 46
砂糖水《さとうみず》……夏 255、326
早苗饗《さなぶり》……夏 258
晒井《さらしい》……夏 260
山椒魚《さんしょううお》……夏 262
三伏《さんぷく》……夏 266
蚕卵紙《さんらんし》……春 83
四月尽《しがつじん》……春 30
四月一日《しがつついたち》……春 197
刺繡花《ししゅうばな》……夏 268
七変化《しちへんげ》……夏 268
紙帳《しちょう》……夏 270
磁枕《じちん》……夏 298
信濃太郎《しなのたろう》……夏 161
四万六千日《しまんろくせんにち》……夏 138
清水《しみず》……夏 180
蛇籠編《じゃかごあ》む……春 90

尺取虫《しゃくとりむし》……夏 308
麝香連理草《じゃこうれんりそう》……春 92、146
社日《しゃにち》……春 102
鞦韆《しゅうせん》……春 94
終戦記念日《しゅうせんきねんび》……秋 197
十二月八日《じゅうにがつようか》……冬 197
種痘《しゅとう》……春 98
春窮《しゅんきゅう》……春 99
春分《しゅんぶん》……春 45
正月事始《しょうがつことはじめ》……春 40
小暑《しょうしょ》……夏 212
菖蒲《しょうぶ》……夏 173
植樹祭《しょくじゅさい》……春 26
植樹式《しょくじゅしき》……春 26
虱《しらみ》……夏 273
治聾酒《じろうしゅ》……春 102
白南風《しろはえ》……夏 212
新参《しんざん》……春 113
スイートピー……春 92、146
水中花《すいちゅうか》……夏 276
水飯《すいはん》……夏 279
隙間風《すきまかぜ》……冬 76、142
涼風《すずかぜ》……夏 212
涼み映画《すずみえいが》……夏 312
捨頭巾《すてずきん》……春 103
青磁枕《せいじちん》……夏 298

清明《せいめい》……春 45、67、106
惜春《せきしゅん》……春 30
鶺鴒《せきれい》……秋 190
善根宿《ぜんこんやど》……春 108
蒼朮《そうじゅつ》……夏 282
蒼朮《そうじゅつ》**を焼**《や》**く**……夏 282
外寝《そとね》……夏 285
染井吉野《そめいよしの》……春 35

た

田植《たうえ》……春 32
田打《たうち》……春 32
鷹狩《たかがり》……冬 116
耕《たがやし》……春 81
滝《たき》……夏 208
滝殿《たきどの》……夏 182
竹植《たけう》**う**……夏 286
竹植《たけう》う日《ひ》……夏 287
竹移《たけうつ》す……夏 286
筍流《たけのこなが》し……夏 212
竹枕《たけまくら》……夏 298
だし……夏 212
獺祭《だっさい》……春 64
獺祭魚《だっさいぎょ》……春 64
竜田姫《たつたひめ》……秋 86
立版古《たてばんこ》……夏 202

種井《たない》……春 32
種浸《たねひた》し……春 32
種蒔《たねまき》……春 32
瓊花《たまばな》……夏 268
丹波太郎《たんばたろう》……夏 161
竹酔日《ちくすいじつ》……夏 286
竹誕日《ちくたんじつ》……夏 286
竹婦人《ちくふじん》……夏 104、289
竹迷日《ちくめいじつ》……夏 286
竹養日《ちくようじつ》……夏 286
茶碗桜《ちゃわんざくら》……春 35
茅花流《つばななが》し……夏 212
摘草《つみくさ》……春 111
釣殿《つりどの》……夏 182
出代《でがわり》……春 112
天瓜粉《てんかふん》……夏 294
田鼠化《でんそか》して鴽《うずら》となる……春 42、114
陶磁枕《とうじちん》……夏 298
踏青《とうせい》……春 28
陶枕《とうちん》……夏 297
桃葉湯《とうようとう》……夏 299
毒消売《どくけしうり》……夏 104、290、301
土瓶割《どびんわり》……夏 308
土用《どよう》あい……夏 212
土用鰻《どよううなぎ》……夏 194
土用灸《どようきゅう》……夏 194

土用東風《どようこち》……夏 212
土用餅《どようもち》……夏 194
虎が雨《とらがあめ》……夏 201、309

な

鳴鳥狩《ないとがり》……春 116
ながし……夏 212
夏の風《なつのかぜ》……夏 211
夏服《なつふく》……夏 162
夏帽子《なつぼうし》……夏 234
南殿《なでん》……春 35
匂袋《においぶくろ》……夏 216
錦百合《にしきゆり》……春 135
春告魚《にしん》……春 119
鰊群来《にしんくき》……春 118
鰊曇《にしんぐもり》……春 119
鰊御殿《にしんごてん》……春 119
鰊場《にしんば》……春 119
熱風《ねっぷう》……夏 212
野遊《のあそび》……春 120、130
納涼映画《のうりようえいが》……夏 312
蚤《のみ》……夏 314、320

は

はえ……夏 211
蠅《はえ》……夏 320

蠅《はえ》入《い》らず …… 夏 319
蠅打《はえうち》 …… 夏 318
蠅覆《はえおおい》 …… 夏 320
蠅叩《はえたたき》 …… 夏 318
蠅帳《はえちょう》 …… 夏 318
蠅《はえ》とり …… 夏 318
蠅取紙《はえとりがみ》 …… 夏 319
蠅取管《はえとりかん》 …… 夏 319
蠅取器《はえとりき》 …… 夏 319
蠅取瓶《はえとりびん》 …… 夏 319
蠅取《はえとり》リボン …… 夏 319
蠅除《はえよけ》 …… 夏 320
白磁枕《はくじちん》 …… 夏 298

麦秋《ばくしゅう》 …… 春 140
杲鳥《はこどり》 …… 春 58
箱鳥《はこどり》 …… 春 58
箱庭《はこにわ》 …… 夏 324
八月十五日《はちがつじゅうごにち》 …… 秋 197
薄荷水《はっかすい》 …… 夏 326
八仙花《はっせんか》 …… 夏 268
初音《はつね》 …… 春 46
花軍《はないくさ》 …… 春 123、126
花曇《はなぐもり》 …… 春 145
花氷《はなごおり》 …… 夏 324
花衣《はなごろも》 …… 春 125
花菖蒲《はなしょうぶ》 …… 夏 174

花鳥《はなどり》……春 127、147
花見鳥《はなみどり》……春 47
花巡《はなめぐり》……春 89
ははか……春 35
腹当《はらあて》……夏 328
腹掛《はらがけ》……夏 329
春《はる》惜《お》しむ……春 30
春《はる》ごと……春 129
春告鳥《はるつげどり》……春 47
春《はる》の草《くさ》……春 85
春《はる》の鳥《とり》……春 147
ハンカチ……夏 159
ハンカチーフ……夏 159

ハンケチ……夏 159
坂東太郎《ばんどうたろう》……夏 161
比古太郎《ひこたろう》……夏 161
雛《ひな》の使《つかい》……春 132
百物語《ひゃくものがたり》……夏 330
ヒヤシンス……春 134
枇杷葉湯《びわようとう》……夏 299
風信子《ふうしんし》……春 134
蕗《ふき》のじい……春 136
蕗《ふき》のしゅうとめ……春 136
蕗《ふき》の薹《とう》……春 136
腐草蛍《ふそうほたる》となる……夏 332
二日灸《ふつかきゅう》……春 137

ぶらんこ……春 94
遍路《へんろ》……春 108
遍路笠《へんろがさ》……春 108
遍路杖《へんろづえ》……春 108
遍路道《へんろみち》……春 108
遍路宿《へんろやど》……春 108
芒種《ぼうしゅ》……夏 334
蛍《ほたる》……夏 332
時鳥《ほととぎす》……夏 147

ま

まじ……夏 33、211
マラリア……夏 205

萬愚節《まんぐせつ》……春 197
水争《みずあらそい》……夏 335
水機関《みずからくり》……夏 324
水狂言《みずきょうげん》……夏 324
緑の週間《みどりしゅうかん》……春 26
緑の羽根《みどりはね》……春 26
南風《みなみ》……夏 211
蚯蚓鳴く《みみずな》……秋 58
深山桜《みやまざくら》……春 35
ミヨソティス……春 24
麦の秋風《むぎあきかぜ》……夏 212
麦踏《むぎふみ》……春 139
虫干《むしぼし》……夏 338

女滝《めだき》……夏　208
目貼《めばり》……冬　142
目貼剝《めばりは》ぐ……春　142
紅葉狩《もみじがり》……秋　244

や

夜香蘭《やこうらん》……春　135
山蝙蝠《やまこうもり》……夏　176
やませ……夏　212
夕燕《ゆうつばめ》……春　177
養花天《ようかてん》……春　145
四葩《よひら》の花《はな》……夏　268
呼子鳥《よぶこどり》……春　147

ら

立春《りっしゅん》……春　45
龍《りゅう》天《てん》に登《のぼ》る……春　149
龍《りゅう》淵《ふち》に潜《ひそ》む……秋　149
緑化週間《りょつかしゅうかん》……春　26
連理草《れんりそう》……夏　93
老鶯《ろうおう》……夏　46

わ

若草《わかくさ》……春　85
忘《わす》れな草《ぐさ》……春　24

本書は、株式会社筑摩書房のご厚意により、ちくま文庫『絶滅寸前季語辞典』を底本としました。但し、頁数の都合により、上巻・下巻の二分冊といたしました。

絶滅寸前季語辞典　上

（大活字本シリーズ）

2024年11月20日発行（限定部数700部）

底　本　ちくま文庫『絶滅寸前季語辞典』

定　価　（本体3,200円＋税）

著　者　夏井いつき

発行者　並木　則康

発行所　社会福祉法人　埼玉福祉会

埼玉県新座市堀ノ内3—7—31　〒352—0023

電話　048—481—2181

振替　00160—3—24404

印刷製本所　社会福祉法人　埼玉福祉会　印刷事業部

ISBN 978-4-86596-677-0

大活字本シリーズ発刊の趣意

現在，全国で65才以上の高齢者は1,240万人にも及び，我が国も先進諸国なみに高齢化社会になってまいりました。これらの人々は，多かれ少なかれ視力が衰えてきております。また一方，視力障害者のうちの約半数は弱視障害者で，18万人を数えますが，全盲と弱視の割合は，医学の進歩によって弱視者が増える傾向にあると言われております。

私どもの社会生活は，職業上も，文化生活上も，活字を除外しては考えられません。拡大鏡や拡大テレビなどを使用しても，眼の疲労は早く，活字が大きいことが一番望まれています。しかしながら，大きな活字で組みますと，ページ数が増大し，かつ販売部数がそれほどまとまらないので，いきおいコスト高となってしまうために，どこの出版社でも発行に踏み切れないのが実態であります。

埼玉福祉会は，老人や弱視者に少しでも読み易い大活字本を提供することを念願とし，身体障害者の働く工場を母胎として，製作し発行することに踏み切りました。

何卒，強力なご支援をいただき，図書館・盲学校・弱視学級のある学校・福祉センター・老人ホーム・病院等々に広く普及し，多くの人人に利用されることを切望してやみません。